「鷹」と名付けて

草創期クロニクル

山地春眠子

邑書林

はじめに

藤田湘子の作品は彼の俳句だけではない。

俳句は座の所産だから、鷹という結社と俳誌、そこで育てた俳句の作り手（評論・エッセイの書き手を含めて）たちとその作品、これらの総体もまた、広い意味で、湘子の作品と言える。湘子個人の句業を概観するには、現主宰・小川軽舟の労作『藤田湘子の百句』（ふらんす堂・平成26）に如くものはない。その驥尾に付して、若き日の湘子の志向と草創期の鷹史を検証することが本稿の主題である。

「鷹」と名付けて——草創期クロニクル　目次

凡例

一、漢字は原則として、常用漢字・人名漢字は新字体、それ以外の漢字は正字体とした。ただし、固有名詞には旧字体を用いたものがある。水原秋櫻子（人名）、馬醉木（結社名・俳誌名）、酒井鱒吉（人名）など。また、「鷹」の旧号で旧字体を使用している場合には、当時の文字遣いを残すために旧字体を使用したことがある。「踊り字」も残した場合がある。

一、原則として、歴史的仮名遣いの句では平仮名表記（和語・漢語）の拗促音は「大」、片仮名表記（主に外来語）の拗促音は「小」とした。現代仮名遣いの句では平仮名・片仮名ともに拗促音は「小」とした。（仮名遣い不明ないし混用の作者の句は、原則として歴史的仮名遣いとした。）

一、俳誌名には一重括弧（「」）を付け、結社名には一重括弧（「」）を付けないこととした。単行本や戯曲の題などには二重括弧（『』）を用いた。

一、資料としての文字遣いを残すため、（ママ）表記を多用した。

一、右以外の明らかな誤植は訂正した。

「鷹」と名付けて

――草創期クロニクル

第一章　「鷹」創刊前夜

新雑誌を作ろうという思いが、いつ湘子の頭に宿ったのか。そのヒントとなる一文がある。昭和三十八年冬の作〈木枯の行くたびドラム缶古ぶ〉の自註である。[1]「前年（引用者注・昭和37年）の暮れに目黒駅から徒歩五分の社宅に移った。３ＤＫ。ようやく自分の書斎を確保。そこで同人誌をつくる案を練った。」

この三十八年冬は、湘子三十七歳。「馬酔木」初投句から二十年、同誌編集長になって五年余。本職の国鉄勤めでは、東京鉄道管理局経理部統計事務所での統計事務から本社広報部に異動してやはり五年。ちょうど、双方の仕事にも慣れた頃であったろうと思われる。右文中の「同人誌」については、後に改めて詳しく記すことになるのでここでは略するが、右の「案」が「鷹」に結実したことは疑い得ない。

これが私の知り得る鷹の最初の胎動である。

次に、奥付に昭和四十四年九月十三日発行と記載した七十頁足らずの小冊子がある。タイトルは「鷹　5年の歩み」。創刊五年を閲した鷹が（秋櫻子の忌諱に触れ馬酔木から独立して一年半を経過した時点で）、初めて出した臨時増刊号だ。内容は後で紹介するとして、その巻末の

「鷹の歩み」と題する年表[2]の冒頭。昭和三十九年一月十二日の項に「『馬酔木』新年例会終了後、藤田湘子は千代田葛彦と懇談し新雑誌の構想を披瀝、協力の確約を得て新雑誌発行の具体的な準備にはいった。」とある。

新しい書斎で「案」を練ってから一年数カ月後のことである。

ここで千代田葛彦について記しておく。大正六年生、平成十五年没。昭和二十九年「馬酔木」同人。三十九年に句集『旅人木』で俳人協会賞を受賞。のち句誌「旅人木」を創刊主宰[3]。「鷹」創刊当時は湘子と並んで「馬酔木」当月集同人。「馬酔木」の同人になったのは湘子の方が早いが、葛彦は九歳年長で、湘子が「馬酔木」編集長時代の同誌編集委員でもある。最初に新雑誌の相談を持ちかけたのだから、湘子にとっては頼れる年長の友人であったに違いない。

湘子は事務処理能力・行動力抜群の俊才であった。さらにその二十日ほど後の二月四日の項に「葛彦宅で湘子、鱒吉等が歓談、新雑誌名を『鷹』と決定。」とある。「鱒吉」とは酒井鱒吉のこと。大正三年東京・下谷の生れ。昭和六十一年没。「曲水」「春燈」「鶴」などを経て鷹に創刊同人として参加。第二回鷹俳句賞受賞[4]。「馬酔木」には関係なかったが、「鶴」時代に湘子と知り合ったようである[5]。

もう一つ、右の文が「公」であるなら「私」に当たる文がある。同じ三十九年の一月二日。千代田葛彦に「構想を披瀝」する十日前のことである。この夜、湘子宅で、馬酔木の「青の会」「樅の会」（いずれも湘子が指導する若手グループ）の新年会が開かれ、席上、「七月から、雑誌を始める。

協力して欲しい。」と湘子が語っている。これは、その席にいた草創期の鷹同人・小坂英の回想(6)によるのだが、この発言に「期待と胸を脹《ママ》ませ、感激と興奮の中で過した」と小坂は記している。いずれにせよ、三十九年一月のごく初めには、湘子は「鷹」創刊を決意していたことが明らかである。

いきなり昭和三十八年三十九年と書き出したが、「鷹」創刊の三十九年はどんな年だったか。今からざっと五十年前の一九六四年。東海道新幹線東京 ── 新大阪間が開業し、東京オリンピックが開催された年である。

虚子没後五年。「馬酔木」は間もなく五百号を迎え、秋櫻子が日本芸術院賞を受賞する。週刊誌「平凡パンチ」と漫画雑誌「ガロ」が創刊。西郷輝彦がデビュー、橋幸夫・舟木一夫との〝御三家時代〟となる。造船業は世界一となっていたが、名神高速道路は開通を目指して工事中で、東海道以下あらゆる国道はまだ部分舗装だった。乗用車生産台数は(トヨタ・日産ほか全社合せて)年間五十八万台。世界初の電卓が早川電機(現・シャープ)から発売され、定価五十万円。国産コンピューターの黎明期。電話は、東京を例にとれば二十三区内はダイヤルでつながったが、名古屋や大阪になると遠距離扱いで電電公社(現・NTT)の交換台に申し込まなければならなかった記憶がある。大雑把にいえば、戦争の廃墟からの立ち上がりがようやく鮮明になり始めた頃だ。ちなみに、私は二十代の終りで月給が二万円になっていたかしらん? 都内の木造アパートの間代が「一畳千円」と言われていた。「馬酔木」の会費が月百円（昭和四十一年から百五十円に値上げ）。小部数の「鷹」は三カ月四百円でのスタートだった。

横道に逸れた。話を戻そう。

右年表「鷹の歩み」によれば、「鷹」の名を決めた一カ月後の三月六日に「湘子は水原秋櫻子と会い、『鷹』発行の趣旨と目的を説明、了承を得」、それから二週間で、相馬遷子・堀口星眠・有働亨・沢田緑生・古賀まり子・小林黒石礁ら馬酔木同人の参加を取り付け（皆、湘子より年長なのだから、電話一本というわけにはいかないだろう）、印刷所を決め（このためには印刷費の見積りを出して貰ってチェックする必要がある。四、五日では不可能だ）、四月四日には同人趣意書と入会趣意書を関係者に発送している。ワープロもパソコンもコピー機もファックスも生まれていない時代である。原稿を作って印刷所に入れて校正しての手間を考えると、これも五日や十日で出来るとは思われない。

当時、つまり三十九年春の頃、国鉄広報部は十月一日の東海道新幹線開業を控えて〝超繁忙〟だったはずだ。週休二日制なんかないこの時代に、湘子は「馬酔木」編集長と「鷹」創刊準備との〝三足のわらじ〟を履きこなしていたのである。

いくら若くて無理がきく三十代と言っても、かなり前から各方面に根回しをしておかなければ、こんなにトントンと事は運ばない。この年表には、勿論、そんな裏面のことは書かれていないが、日付を追って行くだけで、私には、湘子の周到な準備と、加えて、何かに憑かれたような不眠不休の数カ月が見えて来る。

早くも「馬酔木」三十九年五月号に「鷹」創刊の広告が載る。この号は四月十日発行だから、広告の原稿は三月中頃までには印刷所に入稿されていなければならない。秋櫻子の諒解がなければなにも動き出すわけには行かないのだから、三月六日以降の湘子の多忙思うべし。

右の広告で、「鷹」創刊案内を湘子はこう書く。「俳句雑誌鷹は、馬酔木のかがやかしい抒情精神に立って、新しき抒情俳句を開拓し、伝統俳句発展のため力をつくしたい。そして、結社誌のきびしさと同人誌の自由さを併せ持った雰囲気の中から、明日を担う新人を発掘・育成したい。」また同じ号の編集後記にも「私事で恐縮だが新人育成を目的とした雑誌『鷹』を別項広告のとおり発行することになった。各位のご協力をお願いする次第です。」と記す。「鷹」創刊号の座談会でも「『馬酔木』が一つのピラミッドとすれば、その底辺を広げるという考え方、そういう考え方に立っていくわけです。違った表現をすれば、『馬酔木』が『文藝春秋』ならば『鷹』は『文学界』である、そういう気持です。」と語っている。

「文藝春秋」は当時日本屈指の販売部数を誇る（不正確な記憶だが多分毎号百万部に近かったろう）看板月刊雑誌。「文学界」は、同じ文藝春秋新社の（現在は㈱文藝春秋）発行だが、販売部数はその数十分の一、多分三万部程度しかない〝純文学〞月刊誌。ただし、文学の最先端を担う新人の発掘と育成を担う気概と任務を持つ。ひらたくいえば芥川賞を取るような新人を見付けて育てる雑誌。ライバル誌は（三十九年当時では）新潮社の「新潮」と講談社の「群像」だ。湘子の〝質をもって親雑誌を助ける〟発想が、「文藝春秋」と「文学界」の対比に現れている。

後に湘子は鷹の目標を「俳句のあらゆる可能性を目指す」としたが、この時点では行儀よく「伝統」「抒情」の枠内に納めている。ただ「きびしさ」と「自由」、「新人の発掘・育成」は、終生変わることがなかった。

なぜ湘子は「新人育成」にこだわったのか。その理由の一つに、私は、当時の「馬酔木」の投句者の構成があると思う。

「鷹」の創刊広告の載った「馬酔木」三十九年五月号を例に上げよう。

トップに主宰・秋櫻子。同人の第一グループ（当月集と称する）が十六名。同人第二グループ（風雪集と称する）が五十七名。合計七十三名。（いずれも十句投句・秋櫻子選）

同人以外の一般投句者は「馬酔木集」（五句投句・秋櫻子選）として第三グループを成す。成績順に五句選から一句選まで並ぶのだが、一句欄が極端に多い。数を上げる。五句二十三名。四句二十六名。三句五十一名。二句三百三十四名。一句千九百十七名。一句欄は一頁に上下段で五十名掲載されるのだが、なんと四十ページ近くも続くのである。投句者は（主宰を除いて）同人とも総計二千四百二十四名。同人比率三パーセント。一句選比率七十九パーセント（この他に「全没」の投句者が約三百人――これはちょっと後の昭和四十三年の数字だが――いる）[7]。この構成比率は、この頃、だいたい毎月同じだ。さすがの大雑誌ではある。

何十もの地方句会（同人指導）と十ほどの系列誌があって、その広告が毎号載っているけれども、この厖大な一句層のレベルをどうしたら上げて行くことができるか。

湘子の新雑誌はそのための構想であったに違いない。すでに三十九年当時、主宰誌を持つ馬酔木同人が多くいた。列挙しよう（上段・誌名　中段・主宰名　下段・発行地）。

「海坂」	百合山羽公・相生垣瓜人	静岡
「霜林」	桂　樟蹊子	京都
「向日葵」	那須乙郎	京都
「南風」	山口草堂	茨木
「燕巣」	米澤吾亦紅	大阪
「海郷」	佐野まもる	徳島
「風雪」	原　柯城	福山
「早苗」	秋光泉児	広島
「棕梠」	下村ひろし	長崎
「ざぼん」	米谷静二	鹿児島

二百号を越す「南風」や「海坂」で投句者百五十〜二百名。このくらいの投句者があればやって行けるのではないか。しかも発行地が御膝元の東京というのは（当時）まだない。およそこんなふうに、経営と文芸を両立させるメドを湘子は立てていたに違いない。

「鷹」創刊前夜、湘子や他のメンバーは、どんな作をなしていたか。これも「馬酔木」五月号を例にとる。

まず湘子。当月集九席にいて、六句掲載。

蝌蚪の水卒然と雪降りつつむ　湘子

崖あれば綿虫は行きまぎれざる

相馬遷子氏を訪ふ

雪の嶺佐久の醫師に今日見えず

岳父逝く

桑いまだ萠えず柩の行く高さ　＊

春野行く父の柩に日和賜ひ

春疾風喪の家に犬きて坐る

後に第三句集『白面』をなす時代である。前二句の下五のような佶屈感を持つリズムは、この頃の湘子に多い。三句目の「サクノクスシニキョウマミエズ」の音調にも同様のことが言えよう。なお『白面』には「桑いまだ」の句が採られている。（以後『白面』掲載句には＊を付すこととする）

この号の「馬酔木集」には、後の鷹の主要メンバーとなる名前がたくさん載っている。初代編集長となる倉橋羊村は三句。事務局長・同人会長となる石井雀子も三句。

たぎつ瀬へ落葉と舞へる川鴉　羊村
凍る田へ降り立ちて鷺ひかるなり
茂吉忌と知らずよ妻と鰻食ふ
白鳥の翔くるを追ひて雪舞へり　雀子
雪暮れて白鳥の聲かたまれり
雪汁や菱の古實の浮くほとり

三句選ともなれば、全体の上位七パーセントに入る。五句投句から選ばれた三句だから、見事に端正な作りようではある。だがどうでしょう、作者名を入れ替えても（こんな乱暴を言っては申し訳ないが）通用しそうではないか。先達の作をあげつらう失礼は重々お詫びするとして、「たぎつ瀬へ……舞へる」「凍る田へ……ひかる」「追ひて雪舞へり」「聲かたまれり」「浮くほとり」などの甘美な〝秋櫻子調〟の怖ろしさはここにある。湘子はリズムを変えることでこの陥穽から逃れようとしていたのではないか。

飯島晴子は二句欄。のちに月光集同人となる戸塚時不知、蓬田節子、第二回鷹俳句賞の座光寺亭人も二句。後に福島の重鎮となった柳田葆光もいる。

雪の佐渡見ゆる幾驛つゞきけり　晴子
杉の秀の雪撥ねて翔つ懸巣二羽
夕凍みて岳ならび立つ採氷湖　時不知

貯氷庫へ橇つゞきくる三十三才　節子

大寒の岳ひき寄せて林澄む

夜の雨に土つぶやけり春隣　亭人

頰白や藁寄せてあむこほり餅

籬よりひよどり翔てり餅搗けば　葆光

磨崖佛雪を刷きつゝ月夜なる

吾子が吹く口笛まろし寒ゆるむ

二句でも上位二割である。時不知（盛岡）の「橇」、亭人（長野県大町）の「餅」に素材の地方色を認めるにしても、全体に共通する〝秋櫻子調〟は否定し得ないだろう。

もう少し草創期の「鷹」に出て来る作者を一句欄から上げておく。

「鷹」創刊号でⅡ欄（同人欄）巻頭を獲る植田竹亭（千葉県佐倉）。のち月光集同人となる須藤妙子（東京）。盛岡の遠藤篁芽。秩父の芝崎芙美子。平塚の藤森弘上。高山の重鎮となった住素蛾。堺の阪東英政。

病床や影とまろべる追儺豆　竹亭

群を去る白鳥雪にかくれけり　妙子

炭馬のうつむきて鳴る鈴かなし　篁芽

受験生髪さつぱりと刈られけり　芙美子

落椿舟出す人に踏まれたり　弘上
廊くらく手術待つなり冬薔薇　素蛾
飲めぬ酒飲みて更けたる虎落笛　英政

右のような人達に呼びかけての「鷹」創刊だった。

ずっと後年、飯島晴子から、思い出話として、「私は鷹に参加するかどうか、迷って、能村先生に相談したんですよ（当時晴子は藤沢の能村登四郎指導句会に参加していた）。湘子なら勉強になるだろうって言われて。」と聞いたことがある。編集長の湘子が始める雑誌だからと言っても（そして相馬遷子以下馬酔木の錚々たる同人が名を連ねていると言っても）、一般投句者の中では、ホイホイと参加するかどうか、いろいろな受取り方や遅疑逡巡があったに違いないのだ。

「馬酔木」以外ではどうか。同じ三十九年で見よう。

後、「鷹」のナンバー3となる酒井鱒吉は「鶴」（主宰・石田波郷）にいる。五月号では「鶴作品」（一般投句）の三句欄。

金盞花かなしき磯着干されけり　鱒吉
はこべらや濤あなどれる礁がらす
海女小屋を暗めて濤や彼岸前

馬酔木集の諸作に較べると、「鶴」らしく生活感を打ちだす姿勢が強い。

星野石雀（のち「鷹」日光集トップ同人）は「曲水」（主宰・渡辺桂子）の編集部員で「曲水賞」選考委員を務めてもいる。五月号「近詠抄」（同人欄）から引く。

落花肉色水の厚みへ鱒はしる　　石雀
青麦と雲の純潔風の午後
花かげの死神鳥語もて誘ふ
残り鴨かぞへタブウの香に笑ふ
芦花苑の紅椿盗《と》る女の歩
椿くれなゐ愛想なきも佇める

この人は「曲水」の新鋭にして異端。鷹に加わるのは十年以上後のことになるが……。（引用者註・「タブウ」はフランスの香水のブランド名か。芦花苑は東京・世田谷の蘆花恒春園？）

山本良明（現・「鷹」日光集同人）は「青」（主宰・波多野爽波）に投句。この夏、同誌の新人賞に応募。入賞は逸したが、爽波が応募作を抜粋紹介している（八月号）。父君病没の時の作である。

蟇鳴いて粉末ジユースに来る湿気　　良明
従《（ママ）》き来る犬と萠え草ふんで癌の父
通夜明けの囀遺児らの身が痒ゆ《（ママ）》く
弾む柩車に父の魂澄み花あかり
火葬炉の鍵うけて帰路ひかる蝶

茶毘に付す春月のもと灯のみなと
亡父の気性《さが》強く継ぐ姉山椒煮る
田螺つぶら墓地への遺児ら畦とび越え

故人になったが、鷹で最初に角川俳句賞を取った後藤綾子（のち「鷹」当月集無鑑査同人）は、大橋桜坡子《おうはし》主宰の「雨月」で「三十八年度推薦作家」に選ばれ、三十九年三月号では「雑詠」巻頭を獲得している。その五句。

初富士やバックミラーに湖ありて　　綾子
初富士や車内に第九交響曲
吉書揚とはよき言葉よき慣ひ
初凪の海光沖の帆につどふ
人体図寒し五臓の彩さやに

こういう文章はどうしても突出した才質に光を当てることが多くなるので、結果的に鷹は異才の集う梁山泊のように見えてくるかもしれぬ。が、この時点での湘子はキマジメで、梁山泊の反逆性は夢にも考えていない。それは創刊号を分析することで明らかになる。

さて四月上旬に、「創刊号（七月号）の投句締切は五月十日、八月号は六月十日。鷹俳句／七句／用紙ハガキ／湘子選」という広告やら案内やらが出されて、いよいよ「鷹」創刊号が動き始めたのだが、同月二十二日になって、前記年表に不思議な記事が載る。

「馬酔木」編集打合せのため秋櫻子を訪問した湘子は、名古屋馬酔木会の内紛と「鷹」との関連について秋櫻子より質問をうけた。この頃より「馬酔木」の内部における「鷹」への反感が拡大。

まだ「鷹」創刊号は発行されていない。投句受付中の時点である。だから、この文の「鷹」は湘子（と発企同人たち）とひとまず言い換えてもよいはずだ。この「内紛」がどんなものであったかは私には不明だけれども、五月三日の項には「湘子、葛彦は（引用者註・有働）亨宅を訪問、「鷹」発行について三者の決意を確認し合った。」とある。三人がことごとしく「決意を確認」しなければならないほどの「反感」が生じていたのである。

その一週間後の五月十日には、名古屋在住の同人・沢田緑生が上京、「内紛」について「秋櫻子に『鷹』との関係を弁明」と年表にあるから、少なくともこの時点では、「反感」は「鷹」創刊そのものが対象ではなかったようにも見える。前に述べたように、すでに十指に余る系列誌が発行されているのだから。（そして、後年、湘子が「馬酔木」編集長を辞任してからも、系列誌として「鷹」は同誌の目次裏に広告が載っているのだから。）

六月になっても、この問題が尾を引いている。六月十四日から馬酔木の鍛錬会が山口市で開かれ、「この期間中、一部の馬酔木同人の『鷹』批難が秋櫻子に向ってくりかえされた」とある。このモヤモヤをそのままに、六月三十日に「鷹」の創刊号が出来上がり、翌七月一日に湘子は

「創刊号を秋櫻子宅に持参」する。こうして、とにもかくにも、「鷹」は船出した。「順風満帆」ではない。「批難」の火種が残ったままだ。

これが後の湘子の「馬酔木」編集長辞任、馬酔木同人辞退へと繋がってゆくことになるのだが、それは後の章で記す。

（1）「湘子自註・3」（「俳句研究」・平成12・6　52頁）

なお、この「湘子自註」は、角川ＳＳコミュニケーションズ（のち角川マーケティング）から発行されていた俳句総合誌「俳句研究」（休刊中）の平成十二年四月号から十二月号まで九回連載されたもの。一回二十二句ずつ、合計百九十八句に自註を付してある。第一句集『途上』未収録の二句から第十句集『神楽』の作までを含む。湘子研究のためには貴重な文章だが、単行本にはなっていない。以後引用することが多いので、一言付記した。

（2）この年表には執筆者名が記されていないが、以下紹介する事項の書き方から見て、私は湘子を中軸として鷹の運営にかかわる何人かが加わっての合作ではないかと思う。大変貴重な資料なので、現鷹主宰の了承を得て、本書巻末に復刻掲載した。

（3）『俳文学大辞典』（角川書店）・『現代俳句大事典』（三省堂）による。

（4）「鷹の百人」（「鷹」平成26・7付録　9頁）

（5）外川飼虎「酒井鱒吉さんのこと」（「鷹」昭和61・4　26頁）

（6）「石部桂水論」（「鷹」昭和41・8　30頁）

（7）「馬酔木」（昭和43・9）の編集後記（秋櫻子記）による。

第二章　「鷹」創刊号が出る

既述したように昭和三十九年六月三十日、「鷹」創刊号が湘子の手許に届く。翌七月一日、湘子は早速秋櫻子に届けている。

それまでの一流俳誌の表紙は（「馬酔木」もそうだが）、有名画家の具象画というのが定番だった。だが「鷹」の表紙は、鳥の羽ばたきをイメージしたとも見えるが、抽象的なデザインである。左上に「鷹」と、横四センチ、縦三センチほどの大きなタイトルを置き、その右に「俳句雑誌TAKA」と、縦七ミリくらいの漢字とアルファベットを置く。

湘子は表紙については、編集後記を含めて何も触れていないが、図書館でこの頃の俳誌をいろいろ見比べてみると、物足りないほどにサッパリした印象である。[1]このデザインは、湘子が、「新」のイメージ形成の一面を担わせようと選んだものに違いない。

開くと、表紙裏に「馬酔木」七月特大号と秋櫻子第十六句集『晩華』の二分の一広告が二つ。本文は平畑静塔と大野林火の近詠五句が見開きで並んで始まる。ただし、どちらもいわゆる「祝句」の体裁はとっていない。

晴れて汗すげなく多佳子忌はすぎし　　静塔

明け易き爐に白樺燃える情
霧かくす地にひそかなり花いつぱい
青桑に一郡埋まる飛燕なり
吹きしぼる遠さ一樹の袋掛

波打つて昆布干されぬ尻屋岬　林火
南風浪のしぶきかがやく牛の糞
放牛の花菜がなくばさびしからん
立ち眠る馬たんぽぽの毬崩れず
雲夏めき草に背を擦り背掻く馬

それぞれ三句目の「花」に、祝意を忍ばせてあると私は読むが、深読みだろうか？この二人に続いて、石田波郷の文章が載る。見開き二頁。結構辛口である。単純な「おめでとう原稿」ではない。題は「翔ぶ、翔つ。」

今度「鷹」が藤田湘子君の手で「翔つ」ことになった。双手をあげて賛成といいたいが、正直なところ片手で賛成だ。ほんとは私が「鶴」などやっていないと、こういうこともいい易いのだが、俳句雑誌などは少ないほうがよいのである。雑誌を出すと、その雑誌によって一つの俳句主体がつよく伸びるということよりも、雑用が増えてスポイルされる面もかなりあるからだ。然しそうとばかりも限らない。努力家で多力なものなら、そうならないで新風を吹きおこすことも可能だからである。「鷹」が出ると決っている以上、そう考えて双手をあげればよいのだが、それならそれでその多力を自らの作句一本にうちこんで才能の極限まで開花させて見せてほしい。それが俳句の発展そのものではないかという思もするので、やはり正直に片手をあげておく。

「馬酔木」の先輩編集長として一回り以上年下の湘子を鍛えた人である。〝弟分〟に対する思いやりが、あちこち含みの多い表現を齎しているようだ。

さて、俳句である。

まず、「鷹俳句・I」のグループ（これを「I欄」と称した）。相馬遷子・堀口星眠・千代田葛彦・有働亨・沢田緑生・古賀まり子・小林黒石礁《こくせきしょう》・藤田湘子の八名（掲載順）が四頁に並ぶ。遷子・星眠・葛彦・亨・湘子の五名が「馬酔木」当月集同人、緑生・まり子・黒石礁の三名が同風雪集同人である。遷子を除いて全員大正生れ。黒石礁が最年長で、湘子が最年少である。明治生れの遷子でも還暦になっていない。馬酔木若手同人のピックアップチームとも言えそうである。

念のために、右のI欄メンバーを簡単に紹介して置く。

相馬遷子　明治四十一年〜昭和五十一年。戦後は長野県佐久市にて医院開業。昭和十五年「馬酔木」同人。四十四年俳人協会賞。

堀口星眠　大正十二年〜平成二十七年。戦後「高原俳句」と呼ばれる新風を樹立。昭和二十六年馬酔木新人賞。五十一年俳人協会賞。秋櫻子没後、一時馬酔木を主宰。
千代田葛彦（本書7ページに前述）
有働　亨　大正九年〜平成二十二年。昭和二十八年馬酔木新人賞、二十九年同人。
沢田緑生　大正七年〜平成二十二年。昭和二十四年馬酔木同人。三十九年「鯱」を創刊主宰。
古賀まり子　大正十三年〜平成二十六年。昭和二十七年馬酔木新人賞。二十九年同人。三十九年第一句集『洗禮』刊。四十二年馬酔木賞。
小林黒石礁　大正元年〜昭和四十九年。昭和三十二年馬酔木新人賞。三十四年同人。遺句集に『山霊』（昭和51）があり、その序文を秋櫻子が記している。「私は『山霊』という題名にすっかり感心した。これほど著者黒石礁君とその句風をよく現わした言葉はない。著者ほどに山を愛し、四時山間をさまよっていると、おのずから山霊に触れ、その息吹きが句の上にも及んで来るのであろう。『微塵も俗気がない』という評言がよく使われるが、著者の場合は又その上を行くものだと思う。」

このI欄を全句紹介すると紙幅を取り過ぎるので、各人冒頭の三句を引くこととする。

椎若葉病めば子の声透きとほり　　遷子
狂信者襤褸に病めり走り梅雨
風強く日光勁し代田掻

夜鷹鳴き硫黄にゆらぐ星ひとつ　星眠
遠雉子舞踏の記憶掠めをり
仔馬ゐて四方のみず《（ママ）》なら嫩葉解く
校庭の春真四角なる愁ひ　葛彦
つひにみな人間喜劇田螺墜つ
萬緑のあかつき磨ぎて米あをし
つばな長けぬ何かを喪失せしままに　亭
子の内緒話は春の金魚欲し
息溜めて真昼麦秋の野の白さ
激雷の雨ともなはず別離以後　緑生
雲の香や浴後色濃き巴旦杏
卓の燭吹き消す雲にビール生き
晝灯す仕切場飛燕地を打ちて　まり子
働きてかゞやく月日母の日へ
緑濃し人の生死に疲るゝ日
仙台蟲喰御師打ち賜ふ蕎麦くろし　黒石礁
夕辛夷温めかへす濃き蕎麦湯

鷺飼つて箕づくりの簷かたぶけり
海藻を食ひ太陽に汗ささぐ　　＊湘子
うなそこのごとき夕ぐれ四葩咲く　＊
六月や板に貼りつく蝶の紋　　　　＊

湘子の「海藻」の句は、「鷹」創刊の決意を示した作として有名だ。「『馬酔木』の作風のカンフル剤たろうとした湘子の意気込み」と小川軽舟は書いている。「『海藻を食ひ』が海辺に育った湘子らしいところだ。そしてこれがしたたる汗に似合う。」とも。(2)

エッセイ二本を挟んで「鷹俳句・Ⅱ」がある（「Ⅱ欄」と称した）。Ⅰ欄が親雑誌の古参同人の顔見せだとすれば、ここは、この号からスタートする〝新参同人〟の実力勝負の場。第一群二十二名、第二群二十八名、第三群三十二名の三グループに別れていて、合計八十二名。創刊同人の氏名は翌八月号に発表されていて、Ⅰ欄の発企同人以外に九十七名いるから、その八割が創刊号に出句している。おそらく、創刊に当たって、湘子は「これ」と思う人には同人としての参加を呼び掛けていたのだろう。それを承知した人が九十七名いたわけだ。そのことは創刊号巻末に発表されている応募規定に「鷹俳句・Ⅱ　十句以内　同人に限る」とあることでも分かる。

最も多く採られた人で七句。少ない人で三句。だが、七句の人がトップ（巻頭）ではない。選者の湘子がこう語っている。「同人、つまり『鷹俳句・Ⅱ』の場合は、やはりこれは質で競ってほしいと思うんだな。だから十句採れても、みんな平均点の作品で、特にずば抜けたものがないというならば、やっぱり頭にもってこれないね。四句でも三句でも、それが非常に質的に高いものであったら、一番トップにもっていきたい。(3)」だから第一群に四句の人がいるし、第三群に六句の人もいる。単純な句数順ではない。「馬酔木」の「風雪集」(一般同人欄)では原則的に句数順になっているようだから、これは湘子の、〝新〟と〝質〟を求めるための一つの具体策だったに違いない。

こういう眼で湘子が選んだⅡ欄巻頭作家は、植田竹亭だった。全句を挙げる。

春嵐未治退所者の荷を搏つも　　竹亭
供華なくば地標たる墓蓬萌ゆ
鉢すみれ濃きを選りをり啄木忌
同病の啄木の忌を呟くのみに
職場得し治癒者の封書みどりさす
捕食場の灯の匂へるは蕗を煮る

作者は戦後、千葉県佐倉の結核療養所で生涯を送った人。大正三年~昭和四十七年。「作風は鮮烈、痛切な闘病記」と、後年、永島靖子が評している。(4)すでにストレプトマイシン以下の抗生物質が医療現場で用いられるようになってはいたが、まだまだ結核は〝国民病〟だった。療養所を出るには普通「未治」か「死」しかなかった。「完治」とされるのは余程の幸運であった。この年〈紅梅や病臥に果つる二十代〉〈けふあすのいのち睡れる夜の紅梅〉のような結核闘病句を含む句集『洗禮』（古賀まり子）が上梓され、高く評価されてもいた。そんな時代である。

背景の説明が長くなったが、竹亭はこの後の三年間三十六カ月でⅠ欄二回・Ⅱ欄巻頭五回を獲る。

はたはたの乗る風澄めり病衣にも　（39・12）
寝落つかに友の息絶ゆ梅雨の底　（40・9）
恋ひゆけば山の寄り来る枯故郷　（41・3）
今日咲きし薔薇の香胸に充たし睡る　（41・8）
死者送り来て蹠燃ゆ蟬時雨　（41・10）
木の実独楽音澄み病める胸澄むも　（42・1）
一斉に礼し枯野へ柩車発たす　（42・4）

各回一句ずつを挙げた。もって湘子の評価を知るべし。創刊号の巻頭作は、単なるトップではなく、これが選者のよしとするラインの宣言と受取られるものだ。美しい抒情だけではなくその背後に強烈な〝死〟と〝生〟の訴求力の感じられる作を、湘子は選び提示したのである。

なお、二席は今も「鷹」現役同人の山口睦子（大分県佐伯）、三席は菅原達也（東京）。いずれも六句採られている。竹亭との句風の差を見るために全句を挙げる。

瑕瑾なき春の雲浮き遅刻せり　睦子

春満月あげてわが町他郷めく
春星を撒きて週末何もなし
啓蟄や人に保身の舌二枚
知らぬ船岸に来てゐし夕花菜
おしやべりに徹すポプラへ風光る

夕東風に蒼き羽もつごとくゆく　　達也
杉にいまながきたそがれ冬過ぎし
青穂麦いづこにも雲ゐて鮮し
雲五月掌に薄紅の貝睡り
飢浄くゐてたんぽぽの絮廻す
麦の禾眼をみひらくにわれ貧し

この二人を措いて竹亭を一席に抜いたのは、言葉を扱う技術の優劣でではあるまい。〝死〟と〝生〟の重さのゆえであろう。

次に「鷹俳句・Ⅲ」がある。同人以外の作品欄である。投句者総数二百五十八名。七句投句。湘子選を経たトップグループが四句で二十二名、三句六十五名、二句百五十九名、一句十二名。

本家の「馬酔木」と比べて、一句が非常に少ない。三句が二十五パーセント、二句が六十二パーセント。中位層が分厚い構成になっている。大激戦区だ。

掲載は、四句と三句（全体の上位三割強）は選者の判断での〝質〟の順。二句からは投句者の住所別で、北から南へ並ぶ。これは「馬酔木」の二句一句欄の東京を先頭として次に東北が来る配列とは違う。『馬酔木』系の雑誌は箱根から西に固まっているわけですね。だから西のほうは、そういった雑誌にお任せして、『鷹』のこれから開拓してゆく地域は主として関東、東北、北海道、甲信越のほうで、北のほうから並べたわけです。」と湘子が語っている。[5]

Ⅲ欄のトップグループ、第一頁の六人を挙げる（いずれも四句選）。巻頭は荻田恭三（藤沢）。二席観音寺邦宏（後「尚二」と改名）（福岡）。三席寺田絵津子（益田）。四席多田紀久子（千葉）。五席阪東英政（堺）。六席倉並宏充（東京）。最近まで「鷹」で活躍していた名が見える。作品を挙げる。

ひろごれる辛夷の空に己れ（ママ）あり　　恭三
呼び馴れし妻の名新樹透きとほる
農夫酔ひ八十八夜の畦もどる
三崎港
逝く春の青年陸を見てながし

以下は一人二句ずつ。

春の日の水車のほとり少女冷ゆ
春月光絵より音楽あふれくる　　邦宏

蕗を煮てしみじみ女さびしかり
砂丘の花黄なり五月の乾く音　　絵津子

心重し沼田の蝌蚪を見つゝ過ぐ
いちぢゆく萌ゆ日の渦川にあふれつゝ　　紀久子

底青くつゝぢ《（ママ）》咲きけり三十路我れ
夕雲の芯の黒さや花疲れ　　英政

田に群れて昂ぶる鴉受難週
旅了へて夜濯ぐ妻の刻長し　　宏充

湘子は「選後雑感」で、「今月の佳句」として〈ひろごれる辛夷の空に已れ《（ママ）》あり〉（荻田恭三）、〈春の日の水車のほとり少女冷ゆ〉（観音寺邦宏）、〈夕雲の芯の黒さや花疲れ〉（阪東英政）の三句を挙げ、「荻田君はまだ二十台半ばの人。この欄で最も嘱望されている一人だ。『辛夷の空に已れあり』は、辛夷を見つつ心をあそばせている状態であるが、『已れあり』という飛躍した表現に、若者の目を瞠いた表情、あるいは希望といったものが感じられると思う。『鷹』が今後詠うべき方向の一つが、この句に示されている。」と記す。

さらに続けて、「阪東君の句は『芯の黒さ』という観照が、『花疲れ』の気分を象徴している。『花疲れ』にしろ『水車』にしろ、どちらも俳句的にはすでに古びた季語であり素材であるが、詠い方、感じ方でどうにでも生かされることは、この二句の例でも判るとおりだ。新しさということを、われわれはしばしば口にするけれど、われわれの求める新しさが単なる素材の新しさではなく、感じ方、詠い方の新しさであることを、この二句からよく学びとって欲しい。」とも。

Ⅱ欄巻頭句でも書いたが、創刊号のトップ作品とそれに関する評言は、次号よりずっと注目される。その雑誌の基本方針が現れるからだ。右の湘子の選と評は、数十年後のものとしても通用するだろう。それほどに揺るぎない方向性をハッキリと示している。

こうして船出した「鷹」だったが、同人・会員の構成を見ると、「だいたい90パーセントは『馬酔木』の人ですね。特に発企同人と何らかの形でつながりを持っている人が大部分です。あとの10パーセントは、ぼくが今まで指導してきた松江療養所の人、ここにはなかなかいい素質を持った人がいるんですが、その人達とか、あるいは他の雑誌に所属している人、それからぼくも全く知らない人も何人かいます。」と湘子が語っている。「大部数を発行するという意識は、全然持ってない。量より質でいきたい。(6)」とも述べている。

その〝質〟に関しては、相馬遷子が「新人論」を書いている。(7)

・新人は年齢や俳歴に関係がない。

・新人は熱情をたぎらせねばならない。

・新人は勉強しなくてはならない。
・新人はつとめて文章を書くべきである。
・新人は太志を抱かなくてはならない。
・新人は謙虚でなくてはならない。

これだけ見ると、修身教科書の徳目集みたいだけれど、中身はやさしくて、例えば「文章」とはまず紀行文を書け、という。「風景を順序よく緻密に観察する必要がある。」からだ。「大志」とはとりあえず結社の賞を狙うこと、とか……。こういう文章を載せるところに、湘子のみならず発企同人諸氏の気持が現れていると思われる。

創刊号の構成を駆足で見たが、最後に付け加えておきたいのが、秋櫻子に対する配慮である。前記発企同人座談会で、「水原先生の精神を追求」という見出しの付けられた部分を紹介しておく。(8)

千代田（葛彦）なんかちょっと、はばかりがあるかもしれないけれども、藍は藍より出でて藍より濃しといった覇気というか、希望というか、意欲を持って、「鷹」そのものが水原先生の業績をさらに伸展させることによって、水原先生の功績を更に顕彰するような、そういう意志を持ってやっていく。これを根本に置いてもいいんじゃないかしら。

堀口（星眠）本当の恩返しですね。

千代田　むしろそれが恩返し。変な方向にいくなんていう「鷹」じゃなくて「馬酔木」のある意味での発展の場の、研鑽の場と考えていったら、なにも矛盾しない。また出発がそうだったはずだね。

有働（亨）だから「馬酔木」に対する謀叛でもなければ、分裂でもなんでもないということは、この際声を大にしてはっきりさせておくべきですね。水原先生の、今までの形骸を追うんじゃなくて、精神をどんどん追求していく。しゃぶってしゃぶって骨までしゃぶっていくということでしょうね。

千代田「馬酔木」を、水原先生が今までやってこられた、風景抒情俳句、流麗典雅な情趣、もちろんそれがどんどん深められて、精神的な高さをつきつめていらっしゃるけれども、一つの傾向はありますね。その傾向だけを「馬酔木」と考える必要はない。そのもとになる、風景なら風景を詠っていきながら、先生が求められるところ、到達された深さというか、高さというか、精神的なものをね。それを今の「馬酔木」の、一つの傾向の中だけで考えなくていい。もっと別な角度、そっちにも同じ精神、同じその基盤から、発展させていく可能性が、ぼくはあると思う。むしろそれを追求して、あるいは試作し、実験していくべきじゃないか。それをこの「鷹」の使命みたいにしていいんじゃないか。

藤田（湘子）　それが最も純粋な俳人の生き方と思っていいでしょうね。

千代田　まア湘子さんも、そういう目でもって選句し、指導して戴くし、若い人を伸ばしていただく。それは決して「馬酔木」にマイナスじゃない。大いにプラスになると思う。
（引用者註・論旨を損なわない範囲で発言の一部を省略した。）

この座談会が開かれたのは、前記年表によれば、五月十六日。第一章で述べたように、発企同人は鷹に対する「反感」に対処すべく奔走していた時期だ。今となってはややオーバーにも見える秋櫻子礼賛と鷹の立場の弁明には、それなりの理由があったのである。

加えて、倉橋羊村が「秋櫻子の文章」という連載の第一回を発表している（この後数年継続する）。これは「秋櫻子の文章は、馬酔木の独立が文壇的にも注目されたことを背景にして、評論を中心に、一つの大きな飛躍の緒口を摑んだ」という視点に立って、秋櫻子の散文を、その初期から丁寧に分析した労作。「鷹」では、作・論の双方から秋櫻子の業績を明らかにして行こうという、子雑誌としての姿勢が明らかだ。

創刊号の編集後記に湘子が「水原先生の随筆も頂ける筈であったが、芸術院賞受賞後なにかとご多忙のため、二三号さきになるかと思う。」と記しているところを見ると、この時点（三十九年五月頃）では、秋櫻子には〝いずれ「鷹」に何か書こうか〟程度の気持（あるいは湘子への挨拶）があったに違いない。そうでなければ湘子がこんな後記を書くはずがない。「内紛」と鷹の関係については、一応秋櫻子は了解の姿勢を見せていたとしか思われない。

残念なことに、この安穏は長くは続かなかった。

（1）この表紙は「鷹」（平成26・7〝五十周年記念号〟）にカラーで復刻されている。
（2）『藤田湘子の百句』（45頁）
（3）座談会「鷹の求めるもの」（「鷹」昭和39・7＝創刊号＝36頁）
（4）「鷹の百人」（11頁）
（5）（3）と同じ（36頁）
（6）（3）と同じ（29頁、38頁）
（7）「鷹」創刊号（10～11頁）
（8）（3）と同じ（38頁）

第三章　若手を育てる眼

昭和三十九年六月三十日（奥付では七月五日）に創刊号を出した鷹は、翌七月二十六日に最初の中央例会（月例会・当時は東京例会と称した）を開き、十一月には第一回吟行会（軽井沢）を湘子、星眠、葛彦、緑生、まり子ら二十八名の参加を得て開催するなど、結社としての活動を始めた。

翌四十年には、四月第二回吟行会（足利）、六月一周年記念全国大会（松江）、八月第三回吟行会（佐倉）、十一月第四回吟行会（箱根）と矢継ぎ早に大きな集りが開かれる。四月には新同人十一名が発表されてもいる。

編集長に倉橋羊村、部員に菅原達也・落合伊津夫・須藤妙子（後に月光集同人）の三名、事務局に八重樫弘志・桜岡素子（星野石雀夫人）の二名と、スタッフが決まり、発行所も五月に品川区の桜岡宅から神田神保町のビルの一室へ移転と、組織の上でもだんだんに〝結社らしい〟体裁が整って来るのがこの一年である。

ちなみに、スタッフの内、妙子だけが湘子と同年の大正十五年生れで「樅の会」（馬酔木での湘子の指導句会）出身。羊村（昭六生）、伊津夫（昭八生）、弘志（昭六生）、素子（昭七生）はすべて「青の会」（やはり馬酔木での湘子の指導句会）の出身。達也（昭七生）も二十代から湘子・葛彦について学んでいた人。要するに、湘子は編集と事務・経理の両輪を、絶対に信頼できる昔馴染みの後輩（昭和一桁生まれの若手）でガッチリと固めたのだ。

創刊号から一カ月後（奥付では八月五日）に創刊二号の八月号が出る。以後順調に（数日の遅れのある月もあるが）「鷹」は号を重ねて行く。そして、湘子が晩年病気で入院した平成十六年夏まで、一度の休刊もなかった。

さて、創刊直後の時期、湘子はどういう句に鷹の未来を見ていたか。

湘子自身の作は

ベルトもて身の愚締めたる花ざくろ　＊（39・8）
（『白面』において「締めたり」と訂正）
咽喉涸れぬ朝ひぐらしに咽喉醒めて　（同）
梅雨雲に耐へをり暗き翼となり　（同）
老の手やグラスの氷ただよふ間　＊（39・9）
屋上に気球ふくらめり旱の街　＊（同）
葛嵐能登牛の歩の小幅なる　＊（同）
たやすく捕へられ啞蟬の迷ひ蟬　＊（39・10）
夾竹桃血吐けば寧らぎは来るか　（同）
胸の底わくら葉たまるためてをく《ママ》　＊（同）

(『白面』にて「おく」と訂正)

秋づくと駅の鏡のおのが顔　(同)

などである。私は、ここからは新雑誌発行の高揚感を感じられない。むしろ人生の重荷に耐える姿が強く浮かんでくる。湘子には、何カ月も「万歳」をして浮かれている余裕は、多分なかったのだ。

次にⅡ欄（同人）、Ⅲ欄（一般会員）の作品を、巻頭句を中心に見て行くことにしよう。お断りして置くが、この時期、湘子はⅠ・Ⅱ・Ⅲ欄の境界を固定しようとは思っていない。すでに創刊号で、Ⅲ欄の上位はⅡ欄へ、Ⅱ欄の上位はⅠ欄へ入れるようにしたいと語っていて[1]、創刊三号の九月号から、Ⅰ欄については早速実行しているのである。流動性を高くして投句者に励みを持って貰い、作品の質の向上をはかる狙いだ。

まずⅡ欄から。
八月号（創刊二号）巻頭。

皺もみどり苗代寒の農夫の顔　金子潮
青くさき星出づキャベツ了へし野に
水飲んでわが脈きこゆ罌粟の前

Ⅱ欄についてはこの八月号から十一月号まで掲載された同じ号に湘子評あるいは湘子・葛彦

による合評が掲載されている。次の号に載るよりは作者に対するインパクトがずっと強いけれど、これは湘子選終了後直ちに合評を行わないと印刷に間に合わない。非常に時間的に厳しい条件となるが、それを敢えて行っているところに湘子と葛彦の熱意が感じられる。

ところが八月号のⅡ欄評では、潮句は対象とされていない。その代わり、三席の飯島晴子、五席の酒井鱒吉、九席の宅和清造の作品が取り上げられている。以下、作品と評（抄出）を挙げる。

　　谺が待つ山の郭公鳴き出すを　　飯島晴子

・「谺が待つ」の表現が傑出している。（湘子）

・山に行って目をみひらいた一人の主婦の、過去を見ながら、しかも未来をも見ている、そういった感じのする句。（同）

・悪くないが、こういう擬人法の型はある。（葛彦）

　　火酒羊肉《マトン》唇ひからしむ梅雨の底　　酒井鱒吉

・これは彼のもの。彼の体臭。あたったときは非常にいいものができる。（葛彦）

　　麦を焼く火にとりまかれ刷る詩集　　宅和清造

・この人は島根の療養所に長いこと療養していて、自分でガリ版を刷って生活している。俳句は一句で勝負するものだから、ほんとはそういったことが分かるようなものでなければいけないけれど、上五中七の職場の環境にはあわれみたいなものがある。（湘子）

この批評と潮句を読み比べてみると、評者の目は、綺麗にキチンと纏められた句よりは（それは巻頭に置くことで充分評価されているわけだから）多少の瑕はあってもそれ以上の魅力を持つ作品の方に向かっているように思われる。

創刊三号の九月号でⅠ欄に抜かれた句。

紫蘇の風夕空いつもより広し　菅原達也
蛾とこもりゐて美しき言封ず
いづこにか時溜るごと夕焼けたり
揚羽去り何事もなき庭の黙　平松彌榮子
ひとり守る凡日の端にカンナ咲く
虹淡しつきたる嘘の何なりし
花歪む薊が咲けり鉄置場　志井田牧風
青あらし鉄を煤煙の影はしる
鉄の上に鉄置く炎天大音響

牧風句だけに評がある。（抄出）

・「鉄置場」とか「錆鉄」とかの素材に、何か社会的なへんな観念を導入して意味を持たせようという人が多いが、この人はそうでない。自分の職場の生活を詠っている。そこから的確に詩因を探し出す。立派だと思う。（湘子）

九月号Ⅱ欄の巻頭句。

深夜なり水のトマトのかすかなゆれ　西野洋司
マッチつく一瞬怖し炎天下　西野洋司

・僕は何年か前に西野君の作品に注目していたことがある。その後四、五年見ていなかったが、彼の考え方が大分深くなっているように思う。（湘子）
・自分で思索し続けながらの挑戦ならば、失敗しても不安が少ない。技術だけ達者になって上すべりしても困る。（葛彦）

さて、Ⅲ欄である。
八月号巻頭の四句。

母の財布紅し巣つばめ嘴そろへ　中西松城
セロリ溢る青さ晶子忌の妻にほふ
母容れし緑蔭沖に白浪立つ
一芸が取柄の証花かぼちゃ

一句目について、湘子は同号の「選後片言」で以下のように評している。長文であるが、大事なところなので全文を引用しておく。

この句を一見してすぐ連想されたのは、「のど赤き玄鳥ふたつ屋梁《はり》にゐて足乳根の母は死にたまふなり」である。茂吉のこの有名な短歌があるために、「母」と「あかし」と「つばめ」との関連に一種の臭味を感ずる人があるかも知れない。私もそのことに多少の抵抗を感じた。だが、われわれより以前の作品の影響、あるいは類型を、そう神経質におそれる必要はない。かりに発想や表現に類似があっても、ただ一つ、作者独自の優れた発見、感覚のひらめきがあればいい、と私は考える。

　この句では「財布紅し」がそれだと思う。作者の年令《（ママ）》は詳かでないが、この句の「母」は少なくとも五、六十台《（ママ）》にはなっているだろう。つまり、もはや「紅い財布」を持つに相応しい年令《（ママ）》ではないのだ。にもかかわらず、現実には「母の財布」は紅かったのである。そこに発見があり、感情の襞があるといえよう。

　「母の財布紅し」と「巣つばめ嘴そろへ」の間には、意味の上での関連はないが、両者の衝撃によって生まれるイメージは、豊かであたたかい。この作者が二物衝撃手法を実に巧みに駆使している点は、他の三句を見てもよく実証されると思う。

　はるか後年、ほぼ三十年後の平成八年に、「第二次鷹」の中心技法として湘子によって提出された「二物衝撃」は、すでにこの時点において明確に認識されていたのである。

　九月号Ⅲ欄の巻頭は、

夜の激雷遠のき壁にゴッホ燃ゆ　　佐々木碩夫《みつお》
梅雨の星鈍行の貨車牛つめて
初ひぐらしはじまる講議《（ママ）》水輪なす

一角が学ぶ灯で生き梅雨重し
死蛾あまた週末の夜の教室はく
夜学果つ稲妻走る嶺生きて

の六句である。前月はこの作者は四句だった。湘子はこのところ、〃良ければ沢山採る〃ことを躊躇していない。湘子が称揚したのは五句目の「死蛾あまた」の句であった。再び「選後片言」を引く。

土曜の夜の授業が終ったあと、数人が残って教室の掃除をしている。授業中いくたびか飛びこんできては舞い狂った蛾が、教室のあちこちに死んで落ちている。それを掃き寄せて捨てるのだが、一週間もこれで終ったという夜学青年の安堵と感傷が、その動作の中に表われているようだ。

佐々木君は作句をはじめてまだ日も浅いという。表現力にはなるほど欠けているところはあるが、青年の感受性を生かした詠い方には、期待をもてる点が多分にあると思う。

「表現力」とは、多分、三句目の「水輪なす」、四句目の「灯で生き」、六句目の「走る」あたりを指しているのだろうが、それに目をつぶってでも若手を育てて行こうという湘子の姿勢が明らかだ。前月の「母の財布」の場合と同じである。

また、これはという作者に五十句を自選させ、それをこれはという作者に批評させる〃作・論相互研鑽〃がこの創刊三号から始まっている。作品は新作ではない。過去数年間から選んだ句である。作者は「鷹」のスタートに際して、自らの過去の作から何を選び出すか、評者はそれをどう批評するか、が見どころ。自選も批評も、そのレベルが読者の目にさらされる。これがもう一つの湘子の〝若手育成〟法だ。

自選五十句のトップバッターは山口睦子（創刊号Ⅱ欄二席、昭七生、大分県佐伯、現同人）。評者は菅原達也（前月号Ⅱ欄二席）と飯島晴子（同三席）。五十句の半分ほどを掲出して評を見よう（番号は私に付した）。

1　赤とんぼその日の教師やさしかり　　睦子
2　実石榴や年経る程に人の情
3　明日に期す何もなき夜の雪柳
4　虹の下律義さ寧ろ憐れまれ
5　風船ののどかさ破綻隣りして
6　衣裳にて人をはかる愚夏揚羽
7　見馴れたる海あり椅子も固く秋
8　不況越えし工場の窓風花す
9　ゆるやかな坂登りつめ桃咲けり
10　鍵束の鍵みな睡り青葉木菟
11　虚名欲し蚊火に酔ひては蚊がまろぶ

12 溶接工炎天の階登りゆく
13 未来図の白さあかるさ夕花野
14 心底を隠せば海に牡蠣増ゆる
15 寒鴉呼応し今日をたしかむる
16 かなしみに似て精勤の細雪
17 肯な《（ママ）》ふにあらぬ黙あり雪降れり
18 海の色遠しや胼の痛まぬ日
19 遠くなりし人あり遠き雪嶺あり
20 玻璃遠くいつも海見え冬長し
21 黒ジャケツ着れば頤さびしかり
22 老犬に痒き冬日の射し来たる
23 春の日や童女の視野に母いつも
24 囀りや鍵匿すとき風が見し

二人共に採っている句は9、17、18、19、20、21、22。特に22の「痒き」には「しゃっぽを脱ぐ思い」（晴子）とある。二人共に不採用の句は5、6、14。「破綻隣りして」「衣裳にて人をはかる愚」「心底を隠せば」の「安手な」「稚い文学意識」（達也）、「ちょっとした人生観」（晴子）が減点の理由だ。3の「明日に期す何もなき」、8の「不況越えし」、11の「虚名欲し」、12の「炎天の階」、13の「未来図の白さ」については、「〈詩〉というものは、このような文学的意匠をすべて嫌悪し、排除した彼方にある」『律義』『恥』『虚名』『破綻』『初心』『未来図』『心底』『不況』などの抽象の世界も、それを等価で受け止める作者の鮮烈ないのちと鋭い表現力を伴わぬ場合は空しい灰色の形骸に終ってしまう」（達也）という手厳しい批評がある。2の「情」、4の「憐れまれ」、には「こういう方向は見ない方がよい」とか、「総じて心境がなまのまま言葉となった句は弱い」（晴子）の言もある。

総じてなあなあの甘口でない、率直明快な評である。この企画は当分続き、今日の評者は明日は立場が逆転し、批評される側に回ることにもなる。創刊号の座談会で、湘子が「肩のこらないやわらかい読みものとか、随筆風なものは、すべて親雑誌の『馬酔木』に任して、『鷹』はなるべく研究的な読みものとか、俳句鑑賞とか、批評とか、そういったもので埋めていきたい」と語っていたことの具体化である。

創刊四号（十月号）を見る。

I欄に抜かれた作。（抄）

飯島晴子

街夏へ鳩の羽音の固き朝
風いつも遠くを吹いてゐる蓮田
ひと一人ゐて緑蔭の入りがたき

われに向ひてひらく花火を怖れけり
泉の底に一本の匙夏了る
浜木綿や朝の帆領きつゝすゝむ
海の音失はず蟬の杜をゆく
薄翅に岳の色さし蟬生る　金子潮
洲の草の寝鳥つぶやく旱星
蜥蜴切つて咽喉に夕焼こそばゆし
蜂いそぐ夕べ向日葵剪られあり

Ⅱ欄巻頭。

痩せて健やか水輪生みつぐあめんばう　荒川匡央
夾竹桃夜もあざやかや水飢饉
がまずみの咲けば来る蝶みな不器量
アイロンのさめぬシャツ着る法師蟬

三里塚牧場二句

栃若葉厩舎の白馬昏れ色に
ひえびえと若葉匂へり厩みち

後に晴子の初期代表作と称される「泉の底に」の作が登場している。ただし、この号の評で特筆大書されているわけではない。Ⅰ欄に抜かれたこと自体が高い評価を示しているわけだが、同号「鷹俳句評」で湘子は「先号の菅原、平松、志井田三人、今月の飯島、金子の二人は、現在では好調といっていいでしょう。しかし、まだ出発したばかりですからね。」と語っていて、手放しではなくむしろ慎重な表現をしているのが目につく。

次はⅢ欄巻頭。六句すべてを挙げておく。

炎天にありて見えざる旗が鳴る　　宮本　遊
西瓜切る全円の種みな横顔
緑蔭に来て両眼をとりもどす
暑き日の子の三輪車は銃の重さ
夏痩の顔の一つでありにけり
朝涼の素顔の電車ゆきちがふ

これも二句に湘子の長い評がある（「選後片言」）。草創期の熱気が感じられる文章なので全文引用する。

まず「炎天に」の句。

この作者の心にのこる戦陣の記憶は、深く重いようだ。それは記憶というような生やさしい言葉で表現できるものではなく、もっと耐え難い重さで、いまもなお心に覆い被さっているように思われる。作者はそうした圧迫の中から、ひとつ、ひとつ、重くるしい幻影をひっぱり出してくる。ある年輩に達した者なら、誰しも同じような戦時の経験をいくつか持っているはずだ。そして多くの人がそれを忘れよう、思い出すまいとしている中で、この作者は逃げないでそれに立ち向っている。

「見えざる旗」はそういった作者の心に喰い入った幻の旗だ。炎天のぎらぎらする下で、その旗が突如風にはためいて鳴り出したのだ。見事な、これも戦争文学といえるだろう。

最後の「朝涼の」の句。

前句とはがらりと趣きが異っている。スマートなタッチの句である。しかし、「朝涼の素顔の電車」は実に言い得て妙である。軽やかで的確で、いかにも都会の朝の雰囲気にぴったりの表現である。作者の感受性のしなやかさを示す句といっていい。

〝重み〟と〝軽み〟と、この対照的な二句を並べて語って何の違和感もない。とても四十歳目前の人の文章とは思われない。特に第一句の評には、敗戦直前に現役兵として召集され終戦直後は焼跡を彷徨した湘子の記憶が、遥かに投影されているに違いない。

さて、今月の「自選五十句」である。前月に比べて、評が俄然〝辛口〟になっている。作者は川口哲郎、評者は八重樫弘志と西野洋司。人物紹介は後にして、まず作品から、大体三分の一を挙げる（番号は私に付した）。

1 高稲架にかくるゝ潟も月夜なり　　哲朗

2 氷る潟明けて霰に打たれけり

3 甘藍や潟のいづこも波照り

4 青胡桃濡れをりヨット潟に出づ

5 あらし去る潟や秋燕とべるのみ

6 早稲の穂の露ほとばしる舟路あり

7 蝗とぶ空の碧さに一漁村

8 日本海黙し穂草に日の澄める

9 十六夜の塩田濤の音すなり

10 七つ島俄かに澄めり朝の百舌鳥

11 濤の穂に霰たばしる鰤場あり

12 辛夷咲き欝と置かれし七つ島

13 日盛りの濤を堰きつゝ畦青し

14 青梅雨の蓮田にくるや潟の亀

15 梅天に隙なし海の鳥わたる

16 稲舟を押しゆく波に夜光虫

17 鴨わたり暮るゝにまかす灘の浪

18 乳母車押すや麦秋の日にまみれ

19 麦畑の蝶爆音を逃がれざり

二人共に○の句は4、7。二人共に×の句は12、14。八重樫○の句は9、11、13。西野○の句は1、2、5、6、8、10。八重樫×の句は5、10、15、16、17。西野×の句は3、18、19。○と×が交錯している作もある。

作者をまず紹介しておく。八重樫弘志がこう書いている。「かつて、馬酔木の巻頭近くを占めたこれらの句には（引用者注・3・4・7・9・11・13などの作をいう。以下丸括弧は引用者注）、流石に物をよく見、そして、表現、把握ともに水準以上の作品としての安定感がある。」「金沢に生れ、金沢に育ち、そして能登や、河北潟や、日本海などの身近な素材をひたすらに追求してやまない、川口哲郎という一俳句作者の姿がここにある。」「馬酔木において最も活躍した昭和三十二年以降の作品が殆どであり、いずれも水準以上」。西野洋司も「秋櫻子の教えにぴたっとくっついて離れない真面目な優等生的作品」という。

それでも「表現、把握の方法においてやや安住気味であり、類型化の傾向にある」（八重樫）、「（14の）趣味的古さ、（18の）類想の多さ、（19の）思わせぶり」（西野）というのが、この〝辛口評〟の所以だ。評と番号を対照してみて下さい。三人ともに馬酔木で学んだ駿足。私などは、写しながらとても×印は付けられないなあ、と思った。だが、「馬酔木」で育った人には類型を感じる嗅覚があるのだろう。

西野はさらに次のように記す。「どうも俳句作者には自分の属する俳誌しか読んでいないように思われる人が多い。それが作品の井の中の蛙的なものを生む原因となることも知らず、自己を閉鎖的な量見《ママ》の狭い人間に作り上げてしまうこともわからず、唯信者のように連なっているのである。『芸術とは何ぞや、詩とは、俳句とは何か』もっと自己を攻めてゆく傾向をとるべきである。」

ちなみに、八重樫が選んだ秀句は11番〈濤の穂に霰たばしる鰤場あり〉で、「力量感のあるキッパリとしたこのような句には新旧の問題は論外」とある。西野は1番〈高稲架にかくるゝ潟も月夜なり〉を推す。「陰影に富んだ実に美しい句」「この五十句中の白眉」とも。双方に私も同感する。そしてこの二人の〝辛口評〟と○印選とを合わせると、ちょうど〝秋櫻子調〟に対する創刊直後の鷹の姿勢が透けて見えて来るようでもある。

（1）座談会「『鷹』の求めるもの」（「鷹」昭和39・4　36～37頁）

第四章「妙な気流」

時計をちょっと巻き戻す。第三号（九月号）が印刷所から届けられる頃、石田波郷から湘子に速達が届く(1)。

前略

御多忙中と存じますが、この二十九、三十、三十一日の三日間のうち、昼でも夜でもよいのですが、少しゆつくりと御目にかかりたいと思ひます。

近頃「馬酔木」に「鷹」の発刊に関連して妙な気流が流れてゐるやうですので、そのことで貴兄と話し合つてみたいのです。

できればこちらまで御出向き頂けると好都合ですが、或は銀座あたりに出かけても結構です。

当用のみ

八月廿六日

石田波郷

藤田湘子様

「妙な気流」とは第一章で書いた、三十九年四月～六月以来の〝鷹に対する反感〟を指していることは明らかだ。

これを受けて、三十九年八月三十日に、湘子と葛彦は波郷宅を訪ね、そして九月五日には二人は秋櫻子を訪問、「『馬酔木』内部の諸問題」について話し合っている。(2)

これで話がすんだら良かったのだが、どうもそうではなかったらしい。二カ月後の十一月五日に、再度葛彦が秋櫻子に呼ばれ「『鷹』および湘子に対する批難」を聞き、そしてその四日後には湘子自身が秋櫻子を訪ねて「話し合い」を持っている。(3)

その後、この問題は、鷹の年表にはしばらく記載がない。けれども、解決したわけではなかった。およそ二年後、湘子が「馬酔木」編集長を辞任するまで、秋櫻子とその周辺では燻り続けていたのである。

「鷹」の創刊発企同人筆頭の相馬遷子のI欄出句が、三十九年十一月号（創刊五号）（おそらく九月が締切のはず）を最後に途絶えている。これも、右の〝燻り〟と関係があるのかもしれぬ。

さて、ごたごたの話は措いて、俳句の世界に戻ろう。第五号の湘子の句。

落葉すや市民等踊る真夜の地下　（39・11）

地下に住む男地下にも来る夜寒　　＊（同）
秘密もたず枯葉の音を聞いてゐる　　（同）
逃げゆけば枯葉より立つ夜の靄　　＊（同）

同時作同発想の句で『白面』収録句（＊）と非収録句を並べてみた。（他に〈善意とか人知れず蓼枯れ果てて〉という、なにやら深読みできそうな措辞の句もある。）湘子は後年の自註でこの時期の作を回顧して、「『白面』の前半は収録句が少ない。昭和三十七年十六句、三十八年二十句、三十九年二十九句。こんど見直してみたが、落とした句はナマな主観がそのまま出ている。公私両面で激浪に揉まれているような時期だった。」と記している[4]が、あるいは「秘密」などの措辞に「主観」を感じていたのだろうか。

もう少し湘子句を引く。

饒舌のあと心折れスモッグ暮れ　　（39・12）
夜霧さむし海豹などは灯無く寝む　　＊（同）
（『白面』では「海豹」に「あざらし」とルビ、「無く」を「なく」と変更）

聖ポーロ教会
硝子戸の反射冬来る司祭館　　（同）

室生犀星文学碑
菊焚きし跡の菊の葉司祭館　　＊（同）

木の実降り犀星なみだするごとし　＊（同）

影し合ふ楢その奥の冬の音　＊（同）

アンドリウス禽園

落葉風ほろほろ鳥は群なすを　（同）

「饒舌」の句を『白面』に採らなかったのは「心折れ」の「主観」のせいか？　次の二句には自註があるので引いておく。(5)

（「夜霧さむし」の句）

十月、東京オリンピックがあり東海道新幹線も開業した。三年前から私は開業のPRで多忙だったが、この夏は新幹線の試乗やパンフレットの作製で、席のあたたまる暇もなかった。汽車好きの山口誓子に試乗券を送ってよろこばれた。

（「菊焚きし」の句）

当時の信州行は軽井沢が中心。そして聖パウロ教会が吟行の聖地だった。一度ここの司祭館で紅茶をいただき、その芳香に酔ったことがある。教会の背後に大きな朴の木が何本もあって、私の朴好きを決定的にした。〈木の実降り犀星なみだするごとし〉も同時作。

「多忙」のことしか書いていないが、「夜霧さむし」の句は湘子の抒情が海豹と現実の多忙人間とを重層させ、この時期の成功作になっていると私は思う。

この翌月の、

まろびゐし独楽に触れけり真夜の階　＊（40・1）

（『白面』では「独楽」に「こま」とルビ）

にも自註がある。(6)

ゴゼン様の帰宅。社宅アパートの階段。この年（引用者注・昭和39）は楠本憲吉、加倉井秋を、沢木欣一などと「現代俳人の会」という勉強会もつくった。会場は木挽町灘萬。(7)同人はほかに井本農一、神田秀夫、栗山理一、多田裕計、田川飛旅子、細見綾子、西垣脩、清水基吉など。

俳人の外に井本・神田・栗山など当時気鋭の俳文学者の名が目に付く。もちろん湘子が最年少で湘子以外は全員四十～五十代の働き盛り。もって湘子の交友の幅を知るべし。

三十九年十二月の作品は「鷹」に五句、「馬酔木」に八句（ともに四十年二月号）出されているが、句集に採られたのは僅か一句に止まる。作品の一部を挙げておく。

冬の暮河の臭気が坂を登り　（「鷹」）

フリージヤやがて齢の深息して　（同）

腹案ばかり夕青空ゆ寒さ来る　（同）

寒卵皿に点《とも》して三十路妻　（同）

北風と喇叭と記憶重ならず　（「馬酔木」）

日の面にひびきて枯葉落ちにけり　（同）

寒き日や火山灰の如きが心占む　（同）
子の頰を掌にあたたかき年の暮　（同）
暦買ふうしろ月日の重くあり　＊（同）

前掲自註の「激浪」に翻弄されるような暗い基調音が否定できない時期なのだった
一方、「鷹」の選で湘子はどんな方向を目指していたか。
まずⅡ欄。各号の巻頭作を数句ずつ挙げる。

捕虫網の少年蝶となる真昼　飯島晴子（39・11）
嘘のやうに白く灯台立つ九月　同（同）
背へぬ負ひ目帰燕の繁き日よ　同（同）
芒野は睫毛疲れるほどつゞく　飯島晴子（39・12）
ぶつきらぼうな風の言葉よ蓮根掘　同（同）
秋風やひとりの小さき机欲し　同（同）
坂から坂生れ落葉松に雪後の日　菅原達也（40・1）
芒の線落葉松の線夕日冴ゆ　同（同）
何をか待つ冬澄む空に縦秀で　同（同）
冬波の木片となり水夫《かこ》ねむる　飯島晴子（40・2）

ゆつくり働く男らの冬の港　同（同）
生きもののゐて枯蓮の水うごく　同（同）
日を張つて枯蓮の水破れさう　同（同）

飯島晴子の巻頭三回が目に付く。「馬酔木」調とも「鶴」風の生活詠とも違う、晴子独自の言葉の使い方を湘子が良しとしたのだろう。次に二月号Ⅱ欄の二席以下の作を挙げるので、見比べて戴きたい。

息白く少年一語一語吐く　植田竹亭（二席）
廊凍てて長し隻手の掃除婦に　同
寒林の朝日とどきぬ病床に　同
東京寒し皿にパセリの森つくり　服部圭伺（三席）
なじみ得ぬ群衆茸《きのこ》が香を無くす　同
首都淋し咳をひびかす零時の地下　同
落葉鳴らす夜遊び犬や妻の留守　菅原達也（四席）
こもりゐのすべて独語となる寒さ　同
切符握りゆく冬天に花火絶え　同
こがらしや灯るごとくに医師の椅子　山口睦子（五席）
この冬の証しとなりて手術痕　同

心にも登音充ちて冬に入る　同

いずれも技術的には甲乙付けがたいレベルだと私は思う。それなのに湘子が晴子作を巻頭に推したのは、言葉の使い方の独自性《オリジナリティー》の点で紙一枚抜けていると判断したからではないか？　この〝選者の眼〟が後年の晴子を作る。

同時期のⅢ欄。各月の巻頭句と湘子評（抄出）。

子等の声風の畦行く秋祭　稲荷晴之（39・11）

叙法に無理がなく、しかも捉えるところはぴしっときめている。無理のない叙法は無駄のない把握によって生かされるのだが、この句はその典型的なものといってよい。

そよぐ芒いつも受身で話す僕　観音寺邦宏[8]（39・12）

「話す僕」の「僕」に抵抗を感ずる人があるかもしれない。「我」でも差支えないと思うだろう。だが、どちらかといえば積極さに欠ける青年のイメージからいえば、「我」とか「己れ《ママ》」では語感が強すぎるし、内容的にみても「僕」の方がふさわしい。いつの場合にも「我」より「僕」の方がいいというのではもちろんない。この句に限って「僕」の方が優れていると思うのである。

冬の田の銀河振り切り出稼ぎに　後藤清太郎（40・1）

出稼ぎのため村を出て行こうとする人の心を見つめ、情感を生かした詠い方をしている。収穫のすんだ冬田はしばらくのあいだ収入を挙げるべき作物はできない。間もなく雪が来て田を埋めつくしてしまえば、この村は雪の下で、ひっそりした生活をつづけなければならない。家族は出稼ぎに行った人からの送金に頼って、細々と暮らしてゆくのだ。暗い冬田の夜空にかかる銀河を仰ぎ見て、その人は意を決するように駅へ向うのである。『振り切り』にそうした感情がある。この用語にはやや通俗の匂いもするが、これを綺麗に流しては、一句の勁さは生れなかっただろう。

北風の星高さ定まり夜学果つ　佐々木碩夫（40・2）

「夜学果つ」とか「授業果つ」「映画果つ」といった同種の言葉は、本来、作句上きわめて便利の表現でこれに嘱目の風景を配合すれば、おのずから詩的ムードをもった一句が構成される。それ故に安易に用いられた例を、われわれはずいぶん多く見てきた。

しかし、この句の「北風の星高さ定まり」の観照は、そうした安易感をはるかに超えたきびしい凝視があり、作者の生活の息吹をつたえて余すところがない。殊に星の「高さ定まり」は、毎夜夜学に通う生活をつづける作者にしてはじめて可能な表現だといえよう。

佐々木君はまだ二十才《(ママ)》という若さだが、その対象を見る眼も表現も、私などの同じ年令《(ママ)》の頃と比べて、ずっと鋭く豊かである。楽しみ多い作家である。

Ⅱ欄と違って、新人の背を後押しする姿勢が強い。「受身」「出稼ぎ」「夜学」といった生活感の強い言葉を使った句を、ひるむことなく巻頭に採っている。後藤句への「綺麗にしては、一句の勁さは生れなかった」の評が、湘子の姿勢をハッキリと示しているだろう。安易な「馬酔木調」

追随ではなく、生活感の基盤の上に立った〝新たな抒情〟を、と湘子はおそらく言いたかったのだ。

三十九年十二月号に若手同人三人による「鷹の周辺」と題した鼎談がある。編集長・倉橋羊村、すでにI欄にも抜かれたことのある菅原達也、馬酔木例会の「マスプロぶりと内容の稀薄さに失望」（「同人自画像」「鷹」42・9）して鷹に来たという広沢元彦（汀波）。その一部を抜く（冗長な話し言葉は整理した）。

（略）

広沢　いままで目にふれた俳句雑誌は、少し理論がなさすぎると思う。「鷹」は、その点は、多少なりとも満たしてくれるものがありますし、今後もそういう面はさらに充実してほしい。

ぼくは東京にいるおかげで、研究会や句会に出られるんですが、「鷹」は俳句のいろんな新しさを求めて議論してゆく。ほかの一般の句会ですと、指導者だけが批評する、あるいは互選の点を発表するだけで、物足りないんですが、「鷹」は句会でも合評会をやりますし、大変いいんじゃないですか。（略）

菅原　「鷹」は有季定型を守ってくれればなにをやってもいいということで、非常に自由にのびのびとやっている。（略）表現意匠にうき身をやつすということじゃなくて、やはり現体験から掘りさげていく創造的な力強い作品を期待している。（略）

倉橋　表現だけの新しさでは意味がないんで、つねに本質を追尋してやまない姿勢が必要だと思う。（略）研究会に楠本憲吉さんを講師として「リズム論」をきいたり、それからこれはまだプランの段階ですが、藤田さんの知っている他のジャンルのエリート達に研究会にきてもらうというような話もある。

菅原　外部との接触は非常に有意義だと思う。とかく俳人は、俳壇だけの狭い殻の中に閉じこもってしまって、極端な例だけど、他のジャンルのいろんなものを読んだり見たり聞いたりしても、それが直接俳句につながる場合以外は、全然顧みないという傾向がある。ということは、これはもう主体性の角度の狭さになってしまうんで、かえって俳句の特質を見失ってしまう危険性がある。

広沢　俳句に何か違うジャンルから新しさを入れてやろうという試みは、無条件には賛成でないですね。

倉橋　過去にもそういうことがあった。昭和六年に馬酔木が独立した前後、当時はシュール・リアリズムやダダイズム運動が盛んでしたからね、新興俳句などで、これを俳句の中へ持込んだり、相当冒険的なことをやったわけですが、それが案外実っていない。

菅原　それはね、他のジャンルに立向かう際にも絶えず俳句意識が先行しているからですよ。冒険をやっても実らなかったのは、物の表層しかつかまえていないからで、逆に、他のジャンルの性格や方法を無暗《ママ》に羨望し追随しているような処がある。もっと、そのジャンルの本

質を見極め、それを自己の内面に生かしていかなければいけないでしょう。（中略）

倉橋　昭和初期に、馬酔木によって確立された抒情というのは健康的な明るい抒情なんです。抒情というものには、たとえばフランスのサンボリズムの詩人たち、ボードレールとか、マラルメとか、ああいう一種の退廃的なデカダンス的な要素もあるわけです。しかし、これは僕の考えだけれど、そういうものを昭和初期に持ち込むことは時期外れだと思う。本来それは、明治の四十年代、「スバル」とかパンの会などの運動があった時に、俳句も自身の問題として真剣に取り組むべきだった。だから、その波を被らなかったということ、日本の近代文学の青春期の影響を受けずに狭い処で孤立していたことが、非常に残念に思われる。

菅原　それは、俳人の一種の怠慢といえますね。

倉橋　明治の四十年代というのは、日本の文学にとって、大切な時期だった。ああいう、ストルム・ウント・ドランクという時代は、一度取り逃がしたらもう来ないんです。

広沢　そういう過去があって、今は混乱期というわけですか。

倉橋　俳壇の中で、前衛派と伝統派がはっきり分かれてお互いに相手にしないという絶縁状態になっているのは、俳句にとってマイナスじゃないかと思います。

長い引用になった。若さゆえの生硬な表現も多いが、鷹のこれからを担う若手たちの意気軒昂たるさまが現れているだろう。

だが、これは基礎的な〝原論〟なので、もう一つ、具体論の裏付けが必要だ。湘子はその目配りを怠らない。四十年二月号に、「山陰グループ」による「六冊の鷹」と題する座談会が掲載される。今度は具体例を挙げての作品論である。

「山陰グループ」は松江の結核療養所のメンバーを中心として、湘子が直接指導していたもの。「雪解」という俳誌を出していた（皆吉爽雨の俳誌「雪解」とは別）が、「鷹」創刊に際して全員が「鷹」に参加した（「雪解」は終刊）。「馬酔木」に出句していた人も混じっているが、基本的にそれとは別系統の、いわば〝湘子子飼い〟の仲間である。座談会出席者は周藤治美・服部圭伺・宅和清造・寺田絵津子・片岡敬晶・桜井昌子・越野としを・伊東ひろむの八名。現在でも多い山陰の鷹衆の、いわば第一世代に当たる人達だ。

これも一部を要約・抄録する。

（「鷹の魅力」の項）

司会（伊東）鷹の創刊号を見て、体が震えるような気がした。先ず表紙に打たれた。創刊号から十二月号まで六冊の鷹を読んで見ると、最近はだんだん個性のある作家が出て来ている。我々の仲間褒めじゃないけれども、服部君、吉田裕君などは必ずＩの欄に送り出せる作家であると思っていた。果して十一月号に先ず服部君が出て来た。その句が、

路地埋める風の密度が九月の詩

九月靴屋の夜は自由に靴眠り

こんな句を載せたところに鷹の意義がある。

服部　個性を重視して取り上げるところに、我々鷹に参加する大きな意義があると思う。

周藤　服部君の〈湖ある街九月のシャツを青く着て〉など、たしかに従来の馬酔木にはこんな句はなかった。私なんか、二、三の結社を放浪していますがね、結社には一つの型にはまったものが必ずある。鷹の場合はかなり幅が広い。それが鷹の魅力じゃないかと思うんです。ただ現在の鷹としてはどうも底辺が浅い。

（「湘子俳句」の項）

司会　湘子先生の句で。

周藤　創刊号では、

　　うなそこのごとき夕ぐれ四葩咲く

たまたま、宅和さんがあげられた〈海藻を食ひ太陽に汗さざぐ〉。あれと並んでいる句ですが、私はこの方が好きです。

服部　八月号の、

　　炎天に金貨こぼせし何の笛

この「何の笛」に非常に飛躍がある。また含みがあっていい句だと思う。

司会　十一月号の「地下」の句（引用者註・〈地下に住む男地下にも来る夜寒〉）も、一つの面白い狙いだけれども。

（「Ⅱ欄の人々」の項）

周藤　私は東京の菅原達也さんと服部さんの句を常に対照して見ている。どちらも新しいものを持っている。ただ、表現の仕方が極端なまでに違う。といって、それが一緒に並んでいてこの雑誌の個性が一つもそこなわれない。こういう雑誌の行き方は読んでいて楽しい。創刊号では須藤妙子さん〈暗き沼辺十薬の花瞠きて〉。

服部　安斉千冬子さん〈五月来る少年発光体となり〉、爛々とした少年のイメージを描いている。

周藤　寺田絵津子さんの〈曼珠沙華空の奥より誰か来る〉。この句はいいな。

宅和　〈鶏頭や思ひ出の色はいつもまづし〉もいい。鷹創刊と同時に寺田さんも羽ばたいた。

（中略）

片岡　金子潮さん〈智慧にぶくありし休日小鳥来る〉。

桜井　それから山口睦子さんね。

寺田　飯島晴子さんは「馬酔木」に出している句とは別人みたいですね。

司会　酒井鱒吉さん〈老いしめてはならざる手足百日紅〉。瓢々とした感じで、これも貴重だと思います。

宅和　一つの枠に、型にはまらずに、いろんな個性が充分に生かされている。個性の開花、その人の持ち味を生かす、これが鷹の大きな特徴ですね。自然諷詠から、服部君、吉田裕君のような造型俳句に近いような、右から左までの振幅が非常に広い。そしてその中で自分の持ち味を充分生かして勉強が出来ることが非常に大きな魅力じゃないですか。句の新旧の基準は発見にあると思う。在来の自然諷詠でも何か発見があれば新しいでしょう。自然諷詠もあれば造型俳句も共存している。湘子先生の指導方針に敬服。

片岡　盛岡の戸塚時不知さん〈揚花火やどかりひそむ子の懐中〉〈ひろごる油紋浮沈忘れし海月ゐて〉など、若い人だろうと思うが、いい。

宅和　十月号の宮本遊さん〈炎天にありて見えざる旗が鳴る〉、戦争を経験して来た一人として、非常に共鳴する。

服部　佐々木碩夫《みつお》さん。

司会　〈死蛾あまた週末の夜の教室はく〉

服部　十月号の〈秋は風から腰の鋭鎌に羽搏つ翳〉〈台風のそれ月明の素直な帰路〉などすばらしい。

寺田　観音寺邦宏さん。

司会　後藤清太郎、吉井瑞魚さん。

服部　荻田恭三さん。

寺田　阪東英政さん。

（「Ⅲ欄の人々」の項）

服部　僕等が若い時に始めた気持と同じだと思う。俳句に抵抗を感じながら作る。既成の俳句を受け継いでやっていくんじゃなくて、自分の世代でなければ詠えないものを詠う。そういうことが作句の根本になっていると思う。

このように、「鷹」は〝作と論〟の両輪を備える俳誌として歩き始めた。そのシンボルともいうべき欄が「自選五十句」で、作品を出す方も批評する方も力量を試される。四十年二月号は四回目で、飯島晴子が「定点」と題する五十句を提出している（評者は浅井堯と須藤妙子）。

ところが、その内訳は、三十五年から三十九年にかけての「馬酔木」時代の句が四十七句で、「鷹」掲載句は〈青年の懺悔短しほととぎす〉〈谺が待つ山の郭公鳴き出すを〉〈泉の底に一本の匙夏了る〉の僅か三句に過ぎない。中心になっているのは「馬酔木」新樹賞佳作入選作である。後年、晴子は第一句集『蕨手』を編むに当たって「泉の底」の句を巻頭に据え、それ以前の作をすべて落した。それは今後の作句の方向を「鷹」のラインと定めたことであった。

しかし、この時点では、晴子はまだ「馬酔木」時代の作品を否定していないことは明らかだ。「鷹」創刊から半年が経過していて「鷹」掲載句は三十近くあるのだから、出そうと思えば半分くらいは「鷹」の句を出せたはずである。そうしていないこの時点は、晴子にとって〝メタモルフォーゼ以前〟なのであった。後になって分かることだが、晴子の変貌はちょうどこの頃から始まるのである。[9]だから、今ここで晴子句の評を紹介する意味を私は認めない。

ただ、須藤妙子が、「定点」の批評を書くためにインタビューしたいと晴子の住まいを訪問していて、妙子の評の中に晴子宅の様子が生き生きと描かれている。長文ではあるが、拙著『月光の象番』（角川学芸出版　平成27）に引用しなかったものなのでここに紹介する。

「生来の恵まれた抒情を中心に、鷹知性派を代表する彼女が（いかに＝引用者補＝）培われたか、俳句以前の基礎がいかなる環境のなかでつくられたか」と前置きして、妙子は書いている。

　武蔵野の名残りをとどめる欅木立の清潔さが、冬空を支えている一角に、飯島邸がある。美味しい空気に包まれている山荘風の建物で、階下広間には彼女のだろう、スキーが立てかけてある。旅情が湧けば即座に主婦稼業を捨てて旅人になることが可能なのだ。寒いからと階上の書斎兼居間に招じ入れられた。畳というものがない。チャコール・グレーの栄養豊かな雄猫が午後の日射を浴びて、のおのおと椅子を一つ占領している。この猫が、晴子氏のお気に入りであること一目瞭然。書架には和漢の古典ものが整然と並んでいる。背の君が集められたとか。その下部に俳句関係、洋書、推理小説がスペースをとっている。これは晴子所有とにらんだ。俳句の合間には、推理小説を斜目《(ママ)》に読むのだろう。現代人の休息がそこにある。扉をノックしてお嬢さんが挨拶に来られた。が、すぐ自室に帰られた。ドアで仕切られている、各人独立した共同生活において、お互いの領域を冒すことはご法度になっているらしい。紅茶を頂きながらこのムードは森茉莉的な贅沢さだと思い当った。ジャンパーを無雑作にひっかけたスラックス・スタイルで駅までわざわざ出向いてくれる誠実さを芯にした、豪華な精神消費が彼女にあるのだ。長い訪問記で恐縮だが、この洒落た西洋的空気の中から、知性派晴子が現出するのは当然である。

では、一見してバタ臭い彼女が、必然的に俳句を魂の拠り処としたのは奈辺にあるのか？曰く「『俳句はマイナスの詩』。私は生産が苦手だ。きり捨てることが好きだし、息の長さがない。」俳句が積みかさねて構成するのでなく、カットして造型するものであり、息が短い最短詩型であることから、ここに釘付けされることになる。

なまじの俳句評よりも「森茉莉的な贅沢さ」という一語が断然効いている。[10]「俳句はマイナスの詩」「カットして造型するもの」と言い切ったこの時、晴子は四十三歳前後。チラッと顔を出したお嬢さん（現・後藤素子さん）は二十歳くらいだったろう。

以上の収穫をもって、創刊第一年（三十九年）投句（四十年二月号の締切は三十九年十二月である）の作品概観を終る。

（1）『石田波郷全集』（角川書店・昭和47）別巻 193～194頁（なお、富士見書房・昭和63の『石田波郷全集』第十巻にも全く同じ書簡が収録されている。）
（2）「鷹 5年の歩み」
（3）（2）と同じ

（4）「湘子自註・3」（「俳句研究」平成12・6　53頁）
（5）（4）と同じ。（53頁）
（6）（4）と同じ。（53頁）
（7）俳人・楠本憲吉経営の料亭。憲吉と湘子とは親交があったようである。
（8）後の俳号は観音寺尚二。
（9）拙著『月光の象番』「Ⅱ　俳人が誕生する——『蕨手』」の章
（10）森茉莉の小説「贅沢貧乏」は「新潮」昭和三十五年六月号に掲載された。なお、これを含む短篇集『贅沢貧乏』が新潮社から刊行されたのは昭和三十八年五月である。

第五章　二年目に入る

創刊二年目、昭和四十年一月〜十二月作の鷹作品を見よう（掲載号としては四十年三月号〜四十一年二月号となる）。

まず、湘子作を毎月一〜二句ずつ引いておく。

はこべ萠ゆ旅のひとりの頷き癖　＊（40・3）

叫びたく暮雪降り込む街の川　（同）

心冷えて春雷聞くや乾杯裡　（40・4）

量られて臓物《もつ》も灯に映ゆ春たけなは　＊（40・5）

「量られて」の句には自註がある。(1)

「ボルガ」所見。カウンターの端に坐ると調理場の一部が見える。それを詠んだ。寝るヒマもなく働き、自然にふれることが乏しかったので、こういう対象も何とかしなければならなかった。だが、それが素材開拓につながるのだから、俳句はアキラメたら損。

註の註を付けておくと「ボルガ」は新宿駅西口の焼鳥酒場。二階建で個室もあり、鷭《ばん》焼が名物。もともとは「暖流」同人・高嶋茂（大正9〜平成11）の経営で、俳人の巣であった。もちろん湘子は常連。鷹の集まりを開いたことが何度もある。令和元年五月現在も営業中。

氷る田に跳ねてわからず津軽辨《ママ》　＊（40・5）

（『白面』では「撥ねて」、「津軽弁」と修正）

この句にも自註がある。[2]

龍飛岬の青函トンネル掘鑿現場のPR記事を書くため、カメラマンと津軽へ行った。三泊四日の間毎食イカ刺しと沢庵だけ。いま（引用者註・平成12）は知らないが当時はまさに僻地だった。だから掲句は印象そのまま。函館へもまわって〈水仙や青柳町に日の斜め〉とも。

春昼や男の眼もて妻を見る　＊（40・6）

これまた自註あり。[3]

春昼という季語は、ただ春の昼という時間を表わしているのではない。ふっともの音が絶え、しんとした静謐を感じるわずかな一刻がある。その「しんとした感じ」が伴わぬとこの季語は生きない。誰に教わったか、私はそれをずっと心に置いて詠ってきた。

骨粗き老婆の日傘凶作田　＊（40・7）

（『白面』では「山陰行」と前書）

絢爛と過去や汗の眼まばたけば　＊（40・8）

汗ばみし臍に言ふてまは不遇時か　＊（同）

赤き蛾の昼いでて舞ふ敗戦日　＊（40・9）

子が我に似て来トマトの艶晩夏　（同）

この年盛夏に「馬酔木」五百号記念号（十月号）の編集を終え、九月七日から十三日まで、湘子は沖縄を訪れる。十月号に作品二十六句、十一月号に「補遺」九句を発表。なお、「馬酔木」十一月号にも十句を出す。大変に印象の深かった旅のようで、後年、二句に自註を付している。

八重山群島、竹富島観月

眼窩深く翳り沖縄びと踊る　＊（40・10）

南部戦跡

弾痕や群れて微塵の赤蜻蛉　（同）

糸満にて

祭のビラへ銛さす力糸満漁夫　＊（40・11）

（『白面』では「銛刺す」と修正）

首里城址、琉球大学あり

十六夜の空となりたり首里の丘　＊（「馬酔木」40・11）

「眼窩深く」の句の自註。(4)

沖縄へ行った。後に参議院議員になり閣僚にもなった人が上司にいて、沖縄出身だった。頼まれてその一族の記録を一本にしたのが縁で、本島と石垣島、竹富島を訪ねた。まだ復帰前、通貨はドル。竹富島は折りしも中秋の名月。〈島に老い月見の唄の声透る〉「十六夜」の句の自註[5]。

〈仏桑花被弾残壁かくれなし〉〈万目の緑やこゝや幾墓標〉。一週間いて、戦争の悲惨を何十回と聞いた。ようやく好況に沸く内地のありようとどうしても比較せざるを得ない。私はもの悲しい唄を一つ教わって帰ってきた。沖縄にもっと眼を向けるべきだ。

硝子戸の冬や汽笛はぴおろりるる　＊（40・12）
木枯が吾を葬らむと白く吹く　＊（41・1）
梟よ茂吉の髯よ旅せむか　＊（41・2）

湘子自身の作はこのくらいにして、鷹の同人・会員の作品を見よう。まずⅡ欄。巻頭句を一句ずつ挙げる。

工区雀はやくも煤け松過ぎぬ　酒井鱒吉（40・3）
強霜に鳴り少年の尿すこやか　植田竹亭（40・4）
ミルク瓶底抜けて春空濡るゝ　山口睦子（40・5）[6]
染糸の香だちて乾く蕗嫩葉　酒井鱒吉（40・6）
白蝶にうしろ影のみあるごとし　山口睦子（40・7）
寒きこの夏月下の田水響なし　佐々木碩夫（40・8）
牛の眼の遠へたゞよふまで冷す　柏木冬魚（40・9）

拓舎の時計じぼあんじやんと秋立てり　菅原達也（40・1）
雁渡しわが干病衣飛翔なし　植田竹亭（40・11）
終の夜のこほろぎなるや喀血す　植田竹亭（40・12）
かまきりと男遊べり敵多く　山口睦子（41・1）
雪国の絵本つららを太らせる　服部圭伺（41・2）

すでに創刊直後の号で名を馳せているメンバーが多い。四十一年二月号でやっと通算二十号なのだが、湘子はこれと思った作者（例えば七月号でI欄に推挙された飯島晴子を初めとして、ここに名のあがっているような人達）を大胆に押し出して行く姿勢を明確に見せているように思われる。それは植田竹亭に代表される境涯句への傾斜のみを意味しない。「ミルク瓶底抜けて」「じぼあんじやん」のような独自感覚や言葉の冒険への傾斜までを含んでいる。

湘子の姿勢は、本章後段に紹介する様々な評論や発言からも明らかになると思うが、ここでは、II欄に次いでIII欄巻頭句を一句ずつ挙げ、湘子評「選後片言」を要約摘記する。前のII欄巻頭が同人のトップランナーなら、こちらは会員のエース候補である。

馬の香のまぎれなき闇凍りたり　佐々木碩夫（40・3）
（この句については評語がない。佐々木については他の箇所で言及しているからだろう。なお後述）
寒雷の鳴りわたりたり雄物川　横木香子（40・4）

すべてのものを切捨ててしまった簡潔な叙法と、触れれば切れるような緊張したリズムが相俟って、雄渾な北国の風景が再現された。

春の野に盲おのれの身をかくさず　千葉久子（40・5）

今度が初めての投句。春の野の明るい陽光を全身で受け止めて迸り出た句である。「盲おのれの身」だけにウエイトを置くと、いささか世を拗ねた感情と取られやすいが、そうではなく、「身をかくさず」にポイントがあるのだ。自分は盲人であるけれど、こうして春日に包まれて生きている、そういった意味の、むしろ喜びの強い表現というべきだろう。

斑雪田がよく見え何か恐れ初む　鈴木俊策（40・6）

鈴木君は宇都宮に在って勉学中の学生だが、最近、病を得て郷里の福島に帰った。病床生活を余儀なくされた青年の、繊細で鋭い感覚が溢れている。

山吹や産声ほどの明るさに　千葉久子（40・7）

千葉さんの脳膜には、まだ視力があった頃の自然の色彩が焼きついてある。山吹が咲いたことを知らされたときにも、かつて見た山吹の色が、暗黒の世界に浮んで来たのであろう。視覚と聴覚とが、なんのわだかまりもなく読む者の心の中で融合するのは、千葉さんの作品の大きな特徴である。

短夜の個室恐るる狂少女　土木形骸（40・8）

土木君は若い医師として、毎日、狂者と接しているらしい。全般にやや説明的で、俳句としてはもう一歩の踏み込みの足りない不満はある。しかし、狂人達の感情をぴしりと把え、一種異様な迫力を示しているのは、当事者としての体験が生かされているからであろう。

食べては桃めしひて昼の不思議さよ　千葉久子（40・9）

「昼の不思議さよ」という表現は、なんと素晴らしいことであろうか。「めしひて」であるから、この表現に深いひろがりがあると言えるが、また一方で、「めしひて」いなくても、こうした観照が生まれてくるように、心を研ぎ澄ませられないものか、とも思う。

向日葵の体毛あらき屠所の塀　飯倉八重子（40・10）

屠殺場の長い塀に沿って、ところどころに向日葵が大きな花をかかげて並んでいる。「体毛あらき」は家畜の屠殺を想っての表現だが、向日葵には実際に、体毛といってもよさそうなものが、茎や葉に見える。屠殺場に近いところで見た向日葵であるゆえに、「体毛あらき」がなまなましく生きてくるのである。それはあくまでも、屠殺という残酷な事実に慄然としている作者の心と、密接な繋がりをもっていたはずである。

胸抱けば鵙ひびくなり喀血後　植田竹亭（40・11）

（この句には言及なし）

魚のかげ魚にそひゆく秋ざくら　山越文夫（40・12）

すがすがしい作品である。魚が泳ぐたびに、その影もすいすいと移ってゆく。それだけで水の透きとおったさまや、やわらかい陽光を想像することができる。

この句が心をとらえるのは、清潔な季節感である。季節感を的確にうたうことが俳句の窮極の目的ではないが、季節感を正確に表現できるということは、傑れた作品をなすための重要な武器だといってよい。

米びつに米が半合露けしや　千葉久子（41・1）

（この号の「選句片言」は個々の作品評ではなくⅢ句欄の選について書かれている。それは後掲する）

雪景へ放つ風船上京す　宮崎早苗（41・2）

「上京す」とあるが上京途次の句であろう。一面の雪景色の中に赤い風船が一つ放たれて昇って行く。風船は作者が放ったものではない。作者とは別の手から離れたものである。それでは何故「放つ」という表現をとったかという疑問が、当然うかんでくるだろう。私はそれを宮崎さんの強い意志と見る。風船は〝ただよう〟でも〝泛ぶ〟でも〝昇る〟でもいけないのだ。上京という、ある大きな期待を抱いた自分の行動に対して、誰かが祝福して放ってくれたものでなければならない。作者の周囲のすべての現象は、みな作者を中心にして展開していると観る。そういう手法に、私は宮崎さんの強烈な個性を感ずる。

一年分十二カ月十二名を駆け足で紹介した。実にバラエティーのある選句と批評だと思いませんか？　特に最後の「雪景へ」の句に対する批評は、選者の読みを強く打ち出していて、さながら、「去来抄」における芭蕉の評言を思わせる。[7]

〈岩鼻やこゝにもひとり月の客〉の自句について、去来は次のように記している。

先師（引用者註・芭蕉）上洛の時、去来曰く「洒堂《しやだう》は此句を『月の猿』と申し侍れど、予は『客』勝りなんと申す。いかゞ侍るや」。先師曰く「猿とは何事ぞ。汝、此句をいかに思ひて作せるや。」去来曰く「明月に乗じ山野吟歩し侍るに、岩頭又一人の騒客を見付けたる」と申す。先師曰く「こゝにもひとり月の客と、己《おのれ》と名乗り出でたらんこそ、幾ばくの風流ならん。たゞ自称の句となすべし。」（中略）

退きて考ふるに、自称の句となして見れば、狂者の様《さま》もうかみて、はじめの句の趣向にまされる事十倍せり。誠に作者そのこゝろをしらざりけり。（下略）

洒堂は岩鼻に猿がいるとしたらどうかと言ったのだろう。これは古来詩画に多い素材だそうだが、芭蕉は却下。実際には去来が岩鼻に一人の客を見ての作だと言ったところ、他人でなく自分のことにせよ、自称の句にせよ、と芭蕉が言ったというのである。後段は去来の反省。なお、「狂者」は風狂の士の意味。

「作」と共に両輪をなすべき「論」を概観する。これも座談会（対談）あり、個人批評あり、作家紹介あり、詩論ありと、バラエティーをつけて毎号どれか二つ三つを掲載している。おおむね本文五十六頁建で俳句が（ⅠⅡⅢ欄合計で）二十一頁前後であるのに対し、「論」は（随筆的な文章を除いて）大体三十頁前後を占めている。これは俳句雑誌としては過重とも見えるほどだ。まず湘子・葛彦対談が昭和四十年三月号と九月号の二回。創刊一年を迎えたことから沢木欣一・楠本憲吉らを迎えた「鷹の一年」（七月号）と、山陰支部会員による「十二冊の鷹」（八月号）も加わる。一人が五十句を提出し、これを二人で批評するシリーズも続いていて、服部圭伺、田尻牧夫、酒井鱒吉、植田竹亭、志井田牧風の名が並ぶ。湘子は「鷹作家覚え書」という連載を始め、志井田牧風、佐々木碩夫、飯島晴子と取り上げ、さらに「山陰群像」を二回書いている。前号のⅢ欄巻頭の佐々木の句にコメントがなかったのは、こういう所で作家論を書いていたからだろう。この他「服部圭伺論」（菅原達也・十一月号）や「菅原達也ノオト」（山陰グループ・四十一年二月号）などもある。作品評としては大変に手厚い構えと言ってよいだろう。

批評原論的なものとしては主要同人による「鷹を形成するもの」（四月号）、「本質を求めて」（五月号）、「俳句と批評」（十月号）などの座談会がある。他に斎藤茂吉を論じた「写生をめぐる断片」（山本成雄・八月号）、「写生ということ」（飴山實・十月号）などもある。

「論」を見て来て、特筆すべきものが二つある。一つは相沢史郎の詩論で、「俳句とE・パウンドの詩論」（40・4）と「俳句の形式」（40・9）である。もう一つは飯島晴子の第一回鷹俳句賞受賞（41・1発表）。

まず相沢の「俳句とE・パウンドの詩論」だが、筆者を紹介しておかねばならぬ。四月号倉橋羊村の編集後記にこうある。「日夏耿之介門下の詩人で『詩学』などですでにおなじみの方もあろうが、大学の講師としての専攻はイェイツを研究され、『古酒』同人。私の大学（引用者註・青山学院大学）以来の畏友である(8)」。

以下長文の引用になるが、大事なことなので許し戴きたい。

現代詩はそれ以前までの詩に不可欠な要素とも見られた言語の音楽性・聴覚性（主としてメトロノーム的）を否定し、それに代るものとして視覚性（単に視覚的というのでなく、イメージを中心として介在するものの一切）を詩構成の主要な要素として認識・発展させることによって詩論を確立したことは衆知であるが、そのイメージが主体となった現代の詩論は、パウンドによる俳句の発見があって初めて可能であったということはあまり知られていない。パウンドはE・フェノロサの遺稿にあった英訳の俳句に着目し、その結果俳句を構築している音節の配列もさることながら、定型の中に実に巧みに嵌め入れられたイメージ操作の技術に驚嘆した。しかも俳句にみられる言語の極度の凝縮性は、〝詩は言語の精髄からなる〟とするパウンドにとっては、まさに詩的典型といってもよいものであった。（中略）

パウンドのイマジズムの代表作ともされている「地下鉄の駅にて」という十四語からなる二行詩の作製過程について、彼は次のように書いている。

「……私はパリの地下鉄の駅で、沢山の子供や女の美しい顔を次から次とみた。……最初私はそれを三十行の詩に作った。しかしそれを捨てて六ケ月後にその半分の長さにし、一年後にさらに縮めて二行にした。それは俳句に似たものであった。」（ゴーヂェ・ブルゼスカ論）

群衆の中のこれらの　亡霊の顔
濡れた黒い枝の上の　花びら

この詩の亡霊と花びらの関係は、隠喩すなわち比喩的イメージであるが、さらに重層化の技法が用いられている。イメージの重層化は、それが隠喩であっても、並列の方法とはっきり区別されていて、詩の垂直的・立体的効果が狙われ、複雑な心象を鋭く一瞬の中に表現する方法としてパウンドに活用されたが、これは現代詩的意味において、詩は以前のものより一層広く深い複雑な世界を内包するようになったこと示《ママ》している。イメージの重層法はパウンドばかりでなく、その後多くの詩人によって応用され、その詩的効果の広さを発している。一方俳句にしてみればこれらの方法は、用語こそちがえさして新らしいことではない。俳句は切れ字やそれに相当する休止（欧米の詩ではセジューラ〈引用者註・ラテン語原綴 caesura＝カエスーラ＝。セジューラは英語読み。〉とみなせる）によって分けられ、そのそれぞれの部分には電極にも似た中心語となる語句もしくはイメージをもっている。この二つの電極的中心が衝突・融合して火花を散らすことを要求されているのが俳句という詩型にたいする欧米の見方である（D・キーン）。この電極をイメージという語に置きかえてみると、この関係は明らかに隠喩的性質のものであり、さらに重層法である。そして俳句という詩型からみると、電極的発火にとってもっとも適した形式とも考えられる。俳句の技法の理論は、根本的にいって右の精神の上に築かれ、発展させるべきものと思われるし、ただ単に五七五の音節合せではない筈である。

このようにパウンドは凝縮された詩句とイメージの相関関係から、俳句的技法を発見したのだが、たとえ日本語で五七五と音節を踏んだものにならなくとも、その精神と目的は、まさに俳句の領域に接近したものといえる。過去の俳人たちが呻吟したのも、言葉の電極的操作ではなかったろうか。（中略）

パウンドによる俳句の技法の発見に端を発するイメージ論が、二十世紀詩論の中核になっていることは、何と皮肉なことだろう。というのは俳句滅亡を唱えた日本の詩人たちがこぞってこの詩論を逆輸入して自分の詩の中にとり入れたからである。新しがり屋の詩人が俳人に笑われるのも無理のないことである。（下略）

念のために、エズラ・パウンドについて記しておく。アメリカ生れの詩人・批評家。一八八五～一九七二。二十世紀初頭からロンドンに住む。フランス象徴詩を研究、また東洋美術学者のフェノロサに師事し、日本や中国の文学にも関心を持つ。一九一〇年代の英米詩人合体の新詩運動イマジズムの先頭に立つ。一九二〇年以後はパリに移り、第一次大戦後のモダニズム文学の中心となる。一方、タゴール、ジョイス、エリオットらを発見、紹介した。

次に相沢の俳句論「俳句の形式」（「鷹」40・9）から引く。

俳句という短かい詩型から、その中に嵌め込まれたイメージの技法を引きだし、それを詩の方法に定着さしたE・パウンドの詩論はまさにイマジスト（影像派）の名称にふさわしく、詩を散文的稀薄さから分離し、凝縮した言語の精髄にまで集約・結晶化してゆく過程は、と

りもなおさず言語の一要素である現示性を極北にまで追求してゆくことにほかならない。（中略）

俳句にみられる種々の技法の中で最も問題としたい点は、イメージの重層法（スーパーポーズ）、それと密接に関連する切字とイメージの衝突（俳句の衝撃と呼ぶ技法に近い）についてである。さらに附随して俳句の盲腸ともよばれる「季」のもつ形式的・美学的核と詩型の複雑な相互作用もあげなければならない。

前にも若干ふれたが、俳句の中で句作者が案外意識しないでやっていることにイメージの重層法がある。（中略）重層法は俳句（＝詩）をイメージとして把えるときは、当然吟味されるべきもので、詩でも四十年も前に（引用者註・この文章が書かれたのは昭和四十年だから、「四十年も前」は昭和初年のこととなる）、イメージの重層による俳句形式への接近がすでにやられているのである。だから「造型俳句論」（引用者註・金子兜太の「造型俳句六章」は昭和三十六年発表）なども今さら新らしいものとはいえない筈である。

馬　軍港を内蔵している　北川冬彦（一九二九）

朝はじまる海へ突込む鷗の死　金子兜太

右の詩と左の俳句をよく比較検討していただきたい。（中略）

次に切字（詩では省略法としてよい）とそれに伴うイメージの衝突の相互作用の問題がある。（略）切字という省略法によって構文的脈絡をたち切り、二組の語群からなるイメージをきわだたせる。またはとかく意味から先に理解しようとする読む作業を中断させ、イメージによる現示的伝達を訴え、推進させる方法ともなる。これは映画のモンタージュ手法と酷似することは否定できない。むしろ言葉によるモンタージュといってもよい。散文的・構文的脈絡をたち切るという意味は実に重大なことである。

衆知のようにモンタージュ手法は、エイゼンシュタインによる映画理論であるが、これもやはりサイレント映画にみられるように、散文的説明＝会話の沈黙によって、視覚的イメージの世界を作りあげ、直観的・現示的思考に訴えようとする徹底した視覚的イメージである。しかもエイゼンシュタインによればこの方法を単なる映画上の理論としてではなく、人間の認識過程として把握されるべきであるとし、特に「日本文化とモンタージュ」（一九二九）と題するエッセイでは日本の文字および俳句・和歌に表現されている類推的思考方法をとりあげ、日本人が古来から徹底して使用したモンタージュ手法を発見していることは見逃せないことである。このことは俳句にみられる尖鋭な簡潔語を生みださせる切字という、西洋の詩法にはあまりみられない方法が、実に俳句を俳句たらしめる鍵になっていることに着目しなければならない。

切字はさらに美学的意識にも連（ママ）らなっている。それは日本人の美意識の根底を支えている「間」の観念である。「間」とは連結する時間の切断である。この切断は新らしさに向かう積極的意志であり、意識の中の極度の緊張であり、反面無意識的忘我にも通じている。「間」は結局簡潔の美学をも支える。（中略）

パウンドの言葉をかりなくとも俳句が西欧人を驚嘆させた最大のものは切字の美学であるといってよい。このような面から考えて、切字は「間」を意識した効果というよりも、俳句に持ちこまれた「間」そのものといった方が適切である。（中略）

日本的「間」の美学を切字の中に定着させ、そこから省略と簡潔を生みだす技法は、詩学上極めて独特といわねばならない。俳句の形式的生命はここにあるといってもよいだろう。すすんでこの切字とイメージの関係を考えてみると、詩でいう衝突と飛躍（止揚と考えてもよい）の原理が有効に活用されることに気がつく。すなわち切字という省略によって意味的脈絡を切られたために、二つのイメージは（D・キーンは二つの電極的中心と呼んでいる）意味からとびだしてきわだつが、衝突的に出会うことによって類推的表現となり、イメージによる思考形式に流れこむのである。いわば隠喩的表現となる。したがって俳句は隠喩によって成立し、隠喩を作りだすための詩型内の操作ともいえることになる。だから切字（形式上または意識内において）は必ず存在しなければならないものとなるし、それはたえず二つのイメージのバランスをとり、効果的に操作する役目を果たさなければならない。また二つのイメージの電極的衝突は、禅や俳句でいう衝撃を生ずる場合もあるが、必ずしも同一のものとは限らない。むしろ衝撃はもっと内部の思想的なものが震源となって波及するもののように思われる。芭蕉の「古池や」の句はこれらを最も典型的に現わしている一例だが、その中でも際だっているのが、静寂という時間の連続を、瞬間の水の音で切断する手法であり、この衝撃は実に効果をあげている。しかもこの水の音は丁度能の流れを一瞬破る鼓の響に相当するもので、衝撃はさらにイメージの衝突による類推作用を二重に強めている。この衝突と衝撃は次の瞬間にはもとの静寂に融合して新らしいものに変貌してゆく。俳句流にいえば「さび」（＝変様）ということになろう。（後略）

大引用になってしまって申訳ありません。しかし、二つの論文によって、イメージの視覚性、重層化とモンタージュの技法、二つのイメージの衝突、それによる〝意味〟（論理的叙述）からの飛躍、散文的論理による構文を切断・破壊する切字の役割、など多岐に亘る俳句技法の原理論が見事に整理され、提出されていることがお分かりだろう。

ご存じのように、現代詩の世界では、大正末期にダダイスムが紹介され、さらに堀口大学訳によるフランス詞華集『月下の一群』が出ている。昭和初年にリルケが紹介され、次いでシュールレアリスムの波が来る。西脇順三郎の『あむばるわりあ』は昭和八年。こういう流れの中でパウンドの業績は現代詩の世界では早くから知られていたはずである。

しかし、このイメージ操作の技法が、はっきりと俳句の世界で受け止められていた形跡は私の知る限り、ない。この相沢の論は、俳壇では早期のもののように思われる。小西甚一が名著『俳句の世界』の旧版（研究社・昭和27）（当時の表題は『俳句―発生より現代まで―』）に新しく「追加の章」を書き加えて、パウンドのイマジズム運動を紹介した新版（同社）が出たのが昭和五十六年だからである(旧版ではパウンドのイマジズムには触れられていなかった)。その「追加の章」で小西は「イマジストの宣言」と「地下鉄の駅」の二行詩を紹介し、詩の第一行(「人混みのなかのさまざまな顔のまぼろし」)の表現するものが、第二行(「濡れた黒い枝の花びら」)と対立しながらしかも感覚の深層で融合する。「パウンドは、俳句のイメジェリイから『重置法』(super-position)なるものを発見し、これを英詩に応用した。」この super-position は「実は俳諧における『配合』と同じことである。」と解説し、さらに「芭蕉には、現代詩のもうひとつ先を行くものがある」と記している。

この両者を見比べてみると、私には相沢の論の方が昭和四十年と時期も早くて綿密だと思われる。小西の『俳句の世界』は講談社学術文庫に入っているので、是非読み比べていただきたい。[9]湘子もこれを評価した。四月号の詩論の続きを九月号に書いて貰うこと自体その証拠だろうが、十月号の編集後記で「特に味読ねがいたい」と記している。「俳人は俳句だけ作っていればいいという説もあるが、それでは俳句を狭い袋小路に追いやる危険がある。単なる表現主義に陥入らぬためにも、われわれはいつも読み且つ考えなくてはならぬ。」とも。なお、七月号の『鷹』の一年」の座談会で、沢木欣一が「こういうのを載せられるから感心したんだけれども、四月号の『パウンドの詩論』は、ぼくはほんとうに残ると思いますよ。こういうことを俳人はやりませんからね」と発言していることを付け加えておく。

十月号の編集後記で倉橋羊村は「先日、相沢史郎氏と、外山滋比古氏の評論『修辞的残像』の話などをした」と記している。『修辞的残像』の初版が出たのは昭和三十六年（垂水書房）だから、当時、かなり話題になっていたのだろう。(10)

後年、湘子は『修辞的残像』と西脇順三郎の『詩学』を見事な俳論であると語るようになり、この認識が平成八年の「第二次鷹」出発に際して「二物衝撃」を提唱することに繋がってゆくのである。創刊一年前後に書かれた相沢の詩論がその最初のきっかけとなったことは疑い得ない。

次に、飯島晴子の第一回鷹俳句賞受賞が来る。

結社の賞は単に個人の顕彰に止まらず、その結社のよしとする俳句の方向を指し示すものである。特に第一回は象徴的な重みさえ持つことになろう。結社全体の俳句観に、それは関係してくる。その意味でややくわしく述べる。

鷹俳句賞を設けることは八月号で発表され、十月号で全同人を対象に、ハガキで候補者推薦を、の広告が載る。そして四十一年一月号で発表となった。同人の投票総数三十三。得票は飯島晴子＝二十、菅原達也＝四、宮本遊＝三、植田竹亭＝二、酒井鱒吉・服部圭伺・山口睦子・千葉久子＝各一。

審査員は創刊発企同人すべて（相馬遷子・堀口星眠・千代田葛彦・沢田緑生・古賀まり子・小林黒石礁・藤田湘子。ただしロンドン在住の有働亨を除く）に、創刊からの同人のうち石井雀子・松崎昭一を加えた九名（飯島晴子も当初は審査員に入っていたが、自身が候補になったため審査員を除外）

であった。審査会は得票のあった八名を全員候補として行われた。

その結果、晴子を一位とする者八名、山口睦子を一位とする者一名。一位3点、二位2点、三位1点として集計した得点では飯島晴子＝二十四点、二位の菅原達也＝十点、三位山口睦子＝五点となり、圧倒的な差で晴子の受賞が決まった。

この時の受賞作二十五句から半分ほどを引く。

青年の懺悔短しほととぎす　　晴子
谺が待つ山の郭公鳴き出すを
泉の底に一本の匙夏了る
どこからとなく灯り出す雪の村
鍋の耳ゆるみしのみが女の冬
さくらの下みな指太きクラス会
一年生の敏い筆箱蜥蜴出る
ベトナム動乱キャベツ一望着々捲く
隠岐麦秋叱られ牛の諦め鳴き
土間に一家の長靴長短麦の秋
梅雨の夜の勁き莨火とすれちがふ
必ず灯らぬ数灯ありてビヤーガーデン

死ぬひとの残る手力雁来紅
新秋の足袋の尖き《（ママ）》まで我をとほす
半鐘のなか真暗に十一月

みごとに端正な作品が並んでいる。わずかに「ベトナム動乱」の句だけが素材の新と破調と二物衝撃的な配合で際立っているけれど、後年の『朱田』『春の蔵』時代の晴子の作品をご存じの方は「これが晴子?」と驚き、あるいは物足りなく思われるかもしれない。しかし、これが、昭和四十年時点での晴子なのである。

いみじくも、審査員の一人の松崎昭一がこう発言している。[11]

少なくとも「鷹」の中では、飯島さんの評価と、実力と、バイタリティーというのはだれしも認めているわけですね。それと飯島さんは、見てみると、すっかりでき上がっちゃったような感じがするんですよ。でき上がったということは言葉がおかしいんですけど、「鷹」という俳誌はもっともっと冒険をやっていいんじゃなかろうか、そういうこと考えましてね。あえて山口睦子さんを推したんです。

鷹俳句賞授賞後の飯島晴子の変貌ぶり[12]は、松崎の「すっかりでき上がっちゃったような感じ」を見事に裏切ったことになるが、それは後年のことであり、この時点では審査員一同、晴子の端正を良しとしていたのである。

審査の途中で、千葉久子（盲目の境涯作で注目されていたことは前に紹介した）と晴子を比べた「編集部」(おそらく倉橋羊村)の次の発言が、その辺の消息を語っているだろう。

「鷹」のこれからの新しさというものをはだかのままで、あるいは、未熟な形で示したのが千葉久子であるし、そうでなくて、もう少しいままでの俳句のうまさと一緒に出してきたのが飯島晴子だといえるでしょうね。[13]

もう一人の候補の植田竹亭については、左のような湘子の発言がある。[14]

確かに植田さんは「馬酔木」の新人賞コンクールなどでも、実力は認められているけれども、「鷹」にきて水を得たごとくやっているんですね。こういうガッチリとやる人がやっぱり「鷹」には何人か必要であるしそういった意味で非常に貴重な存在なんです。やはり一番の問題点は、その植田竹亭のうしろに「惜命」がないかということなんです。

これによって竹亭は今回の鷹賞を逸した(二年後に第三回鷹俳句賞を受賞するが)。

こうして最終的に晴子の受賞が決まったわけだが、これについて湘子は次のように述べている。

松崎さんの話で「鷹」の中で評価がきまっているということでしたが、第一回の「鷹」俳句賞であるから、やはり「鷹」の代表選手として注目される。「鷹」では評価がきまっても、もう少し俳壇的に認められてほしいという気持ちがぼくにはあるんです。[15]

この言葉に対して審査員の中でただ一人山口睦子を推した松崎が、「飯島さんが一位になるのはあたりまえだから、ちょっとフォークボール的に」(山口を)推したという語に続けて、以下のように述べているのは、審査員のあらかたの意向を代弁しているのだろう。

やはり鷹賞を出す人、つまり鷹賞を受賞した人は、どこの俳壇にいっても「鷹」の方はこういうのだと、あるレベルをもって他流試合に十分応じられなきゃいけない。飯島さんの推し方が一番すなおな推し方だと思う。(16)

晴子の受賞発表の一月号に堀口星眠と古賀まり子の二人が晴子論を寄せている。まず堀口星眠から。

〈谺がまつ山の郭公鳴き出すを〉について。

六月だったか、藤沢の人たちの軽井沢の探鳥吟行に参加した。教会まで深夜吟行したりして調子を狂わしたものだが、晴子さんは、どんな風であったか憶えがない。しかし後で鷹に発表された句は立派であった。この句の外に

青年の懺悔短かしほとゝぎす
リラ匂ふ夜の聖堂の太柱
聖母子に熟れ麦の野の風遠し

など五句ほどあったが、私は郭公の句に、つよい迫力を感じる。郭公と谺は、むかしから珍しくないが、二者を、これほどまで近接させた発想はすぐれたもので、取合せというような安易なものではない。山の雰囲気をあらわす技倆の冴えは、得がたいものである。ほととぎすの句などは句としては、きちんとした型になっているけれど、懺悔短かしに、何かひっか

かるものがあり、ほととぎすも、つきすぎの感じがする。作者の感動よりも、作為の方が先に伝わってくる。

次に古賀まり子。

〈泉の底に一本の匙夏了る〉について。

　銀の匙と、夏了るとの関聯は申分ない。何の説明もなしに、晩夏らしい趣きを出している。

　鷹創刊と同時に、参加した飯島さんは、以来、清流に放たれた魚のように、自由に、急速に、自分本来の姿で詠みつづけて来たようである。どんな気持で俳句を作っているか、の問に「ただ夢中で……」と、答えたときくが、この一年間の成長ぶりに、誰しも、瞠目したであろう。(略)

　四十年四月号の「鷹を形成するもの」というタイトルで、若い人達が座談会をひらいている。その中で、飯島さんは、「新しい詩的感情とか、現代の生活意識というものを、あまり大事にしすぎて、俳句のタガみたいなものがゆるんでしまうことは、私としては反対なんです。ですから、そういった面での、きびしさということは、これからやはり必要だと思います」と、心強い発言をしている。

　新しいものを形成するという点で、ともすると、俳句の根底となるものが軽視されがちの昨今、このように考えている事に、非常に心強さを感じた。若い人々は多くのものを大いに吸収同化する方がいい。その間、時に素材主義になる事もあろうし、己の言葉に陶酔し、時に、言葉だけにひきづり（ママ）廻されてしまうこともあろう。でもそれもいいであろう。折角、萌え出た芽を、まだ姿・形もきまらない中から、摘みとってしまったら、何も育ちはしない。周囲は、その芽が自ら目覚める時をまつだけの、寛容さがほしいと思う。私は飯島さんの俳句の過程をみて、ふっとこのような事を思った。

晴子の受賞は、鷹が基本的に馬酔木の路線を継承することを示したといってもよいだろう。これは右二氏の評語からも明らかである。湘子は同号の編集後記でこう記している。

　第一回鷹俳句賞は飯島晴子さんに決った。まず順当な結果といってよかろう。他の俳句雑誌同様に、鷹においても最近は女流の進出が目覚しいが、飯島さんは女流だからといって甘やかされて育った人ではない。むしろ、甘やかしを拒否しつづけて、自己の所信を貫いてきた人と言っていい。つまり、いかにも鷹の女流らしいと言える。飯島さんにつづこうとしている女流諸氏の、心に留めておいて欲しいことだ。

前章で述べた「妙な気流」にもかかわらず、鷹俳句賞の選考には創刊発企同人全員が参加し、右に引用したように、星眠・まり子の二氏が晴子作の批評を寄せている。馬酔木との関係は修復されたかのようにも見える。が、実はそうではなかったのだ。

（1）「湘子自註・3」（「俳句研究」・平成12・6　53頁）

(2)(1)と同じ。(54頁)
(3)(1)と同じ。(54頁)
(4)(1)と同じ。(54頁)
(5)(1)と同じ。(54頁)
(6)この月から「Ⅱ欄推薦10句」(湘子選)が表3に載るようになった。以後、それを引く。
(7)『連歌論集　俳論集』(日本古典文学大系66巻・昭和36・岩波書店　314頁)
(8)インターネットによって少し補充しておく。昭和六年(一九三一)岩手県生まれ。四十年当時東海大学勤務。英文学者。「日本現代詩文庫」76に『相沢史郎詩集』あり。
(9)講談社学術文庫版では、この章の前に短い一章が立てられたので、パウンドを論じた章は「再追加の章」と題を変えられている。
(10)『修辞的残像』の再版は昭和四十三年。現在は『外山滋比古著作集』(全八巻)の第一巻として収録(いずれもみすず書房)
(11)鷹俳句賞選考座談会(「鷹」41・1　27頁)
(12)拙著『月光の門番』(前出)の「Ⅱ　俳人が誕生する—『蕨手』」で詳述した。
(13)(11)と同じ(28頁)
(14)(11)と同じ(29頁)
(15)(11)と同じ(27頁)
(16)(11)と同じ(27頁)

第六章　二周年へ向かう

昭和四十一年の作品を見て行く。「鷹」の号数でいえば四十一年三月号からで、七月号が「創刊二周年記念号」となる。七月号については書くことが多いので、本章は三〜六月号（暦でいえば四十一年一月〜四月の作）を対象とする。

まず湘子句。

胡桃二つころがりふたつ音違ふ　＊（41・3）

胡桃割り胡桃の中に兎ゐず　＊（同）

書架の端にただ在る胡桃祝婚後　＊（同）

「胡桃二つ」の句には自註がある。(1)

胡桃の写生をした。〈胡桃割り胡桃の中に兎ゐず〉〈書架の端にただ在る胡桃祝婚後〉。胡桃は私の場合、山国想望につながるから好きな素材だが、この写生のきっかけは波郷の〈暫く聴けり猫が転ばす胡桃の音〉の影響。しかし写生の句は何年経っても厭きない。

これをもっと詳しく敷衍した文章が湘子の『俳句好日』にある。(2)

波郷さんがこの句（引用者註・「暫く」の句）をつくったのは昭和二十八年、その頃私は、毎週、江東砂町の波郷居を訪ねていた。「馬酔木」の編集長は波郷さんだったけれど、実際の仕事の九割方は私がやっていたからだ。この頃から波郷さんは、私を編集長の後釜にすることを考えていたように思う。波郷さんには胡桃の句が少なくないが、私がこの句に特に愛着を感ずるのは、あの時分の初々しかった私自身への郷愁が強いからにちがいない。そして、この句を読むたびに、あの波郷居の居間の炬燵のぬくみが思い出される。(略)

私は、波郷さんの胡桃の句から十余年たって

胡桃二つころがりふたつ音違ふ

胡桃割り胡桃の中に兎ゐず

書架の端にただ在る胡桃祝婚後

という句をつくった。

この時分、私は「鷹」を創刊して間がなく、文字どおり公私ともに多端の毎日で、煩雑な人間関係に疲れることが多かった。そうした心を癒やす目的で、信州の安曇野へしばしば出かけた。(略)

先の三句をちょっと自解すると、第三句目が最初にできたように思う。誰かの結婚のことを考えながら、書架に置いた胡桃を眺めている図だが、してみると、この時分から机辺に胡桃を置いて愉しんでいたらしい。第一句目は、波郷さんの胡桃の句の影響がある。あのころころと転がる音を、波郷さんとは違ったやり方で表現したいと考えていたようだ。この句を

読んで、当時の「馬酔木」と「鷹」とのかかわりを寓意したと評した人がいたけれど、そんな気持ちはさらさらない。私は、あくまでも胡桃の質感を詠いたかっただけのことである。

第二句には、少年時からの憧れのようなものがこめられているわけだが、いま見ると、その分だけ甘ったるくなっていると思う。

軽舟がこの句について鑑賞を書いている。(3)

机上で胡桃をもてあそんでいる。二つ一緒にころがすと、それぞれ違う音がした。言っていることはそれだけである。しかし、つねづね私たちに「俳句は意味ではない、リズムだ」と教えた湘子である。この句の面目は、一句の逡巡するような調べにある。

「二つ」「ふたつ」の繰り返しは冗長とも見えるが、むしろその無駄にこそこの句の魅力はある。この句は胡桃を描くと同時に、胡桃に心を遊ばせる作者の心の動きを描いてもいる。何度も口に出して味わうとそう確信できる。すぐれた写生はそういうものだ。

この軽舟の評は、右の湘子の長い自註を知らなくとも十分に説得的だが、右を知って読めば〈軽舟も当然承知して書いているはずだ〉より深いニュアンスが感じ取れるだろう。

この句には贅言を付加しないが、三月号には他に〈指の傷舐め枯山へ郵便夫〉〈寒林に思ひ屈せし日曇る ＊〉の作もある。どちらも、「傷」や「屈せし」を〝深読み〟しようと思えばできそうな作り方だが、湘子が「胡桃」に「寓意」を拒否している以上、私も深入りはしない。

四月号は、

春の昼瞑《ママ》りて音みな失ふ　＊

夕づきし連翹の坂泳ぎゆく　＊

心づけばいつもひとりやはこべ萠ゆ　＊

春休少年光る釘愛す

夕汽笛辛夷咲く空堪へてゐる

太幹にふゆる雨粒三鬼の忌　＊

右の作中「心づけば」に自註がある。(4)

懐《ママ》ろに入ってきた人はみんな味方、だから心を許して付き合おうと思う。頼もしい味方になってやりたい。しかし入って来る人は必ずしも私の思い通りではないから、ときどき裏切られる。「しょうがねえだろ」。自分に言い聞かせながら歩いている図。

五月号は「春鴉　上野原にて」と題する九句（『白面』では「上野原、佐々木碩夫の家に遊ぶ」と前書して七句を掲出）。

山国の雲軽く行く花辛夷　＊

桶みづから水湛えふ野の桜冷ゆ　＊

雲雀のもと逢ひにギターを横抱へ

（『白面』では「軽くゆく」「雲雀の下」と修正）

雲雀野に半壊の桶農青年

白昼の音まろぶ峡花蘇枋

鴉肥ゆ畦塗る前の畦ゆるび　＊

「上野原」は中央線で東京から山梨県に入ってすぐの町（現在は市制）。相模湖を過ぎて二つ目の駅だ。佐々木碩夫《みつお》は何度も紹介して来た若手のホープ。「ギターを横抱へ」「農青年」に当時二十歳そこそこだった青年の面影があろう。

六月号は「伊那谷」と題する六句。

晩霜や胸照りて啼くく山鴉　＊

甲斐駒へ竹皮を脱ぐ音もなし　＊

（『白面』では上五を「木曾駒」と修正）

天竜の夏さかのぼる雲の量　＊

「天竜の」の句に自註あり(5)。

豊橋から飯田線を北上して伊那市に泊った。駅長紹介の宿の特別室の名が「勘太郎」。思わず大笑した。「旅は私のビタミン補給」とその頃ある新聞に書いた。人間の新鮮さはすぐ古びるが、自然の新鮮さには限界がない。その思いは近頃いよいよ深い。

註の註をつければ、「勘太郎」は、伊那のヤクザ。終戦前後、小畑実が歌って大ヒットした『勘太郎月夜唄』に因んだものに違いない。

七月号の湘子句は「ドラマの最後」と題する六句。

遠雷や戯曲《ドラマ》の最後「しづかに幕」　＊
（『白面』では「戯曲」に「ドラマ」の振り仮名なし）
花胡桃落つすみやかに嘘育つ　＊
幹叩く落葉松の夏空応ふ　＊

「遠雷」の句に自註がある。(6)

落語と新劇は二十代から好きだっが、この頃は劇団四季と関わりが深くなった。ジロドゥやアヌイを読んだり、日下武史、影万里江、石坂浩二などを国鉄本社に招いて、秘書室の女性たちと懇談してもらった。忙しく働いたけれど楽しむほうも怠りなかった。

この時期、特に春以降、前に第四章などで述べた馬酔木での動きが、また、水面下であったはずだが（委細後述）、句作りの上には明瞭には現れていない。辛うじて三月号の〈寒林に思ひ屈せし日曇る〉や七月号の「花胡桃」の句の「嘘」に、そう思って見れば見えないこともない程度のニュアンスが込められているともとれる。だとすれば、「嘘」は勿論、湘子を敵視する側にいる人を指している。四月号の「心づけば」も、後年の自註で「懐ろに入ってきた人はみんな味方」と書いているが、言い換えれば〝敵〟はそれほどに多かった――と言っているようでもある。「いつもひとり」はこの頃の湘子の実感だったかもしれぬ。

もう一つ、ちょっと脇道にそれるが、湘子の山好きにもふれておきたい。

四十一年五月号に「アルプス想望」という湘子のエッセイがある。「鷹」創刊以前、菅原達也をリーダーとして、大町から、葛温泉、三俣蓮華岳、双六岳、槍ケ岳、上高地と縦走した思い出を記し、さらにこう書いている。

信濃大町の駅長なら一年くらいやってもいいと思うことがある。一年の間にたっぷり山々を眺め、亭人さん（引用者註・大町在住の鷹同人・座光寺亭人）のように安曇野に根をおろした俳句はできないにしても、北アルプスの四季を心ゆくまで詠いあげたいものだと思う。（略）この六月に、私は鷹の仲間と久しぶりで上高地へ出かける。時間もないし諦めもある（引用者註・年齢上の、の意味）から、もう西穂や焼岳へ登ろうとも思わないが昔、山行に使った用具を引っぱり出して、当時の思い出だけでも探ってこようと考えている。徳沢まで行って、深山たんぽぽの咲きつめた平らに腰を下ろし、花をいっぱいつけた小梨の梢の上に見える穂高を仰げば、きっとそれで満足できるだろう。その時にも、私の青春の悔恨が顔をのぞかせるか、どうだろうか。

後年の安曇野通い、そして句碑を大町に建てる伏線がここにある。秋櫻子にも、昭和三十二年に「立山」と題する群作二十六句がある。馬酔木の三十代四十代会員たちと、弥陀ケ原、天狗平、室堂を歩いた折のもの。

高嶺草夏咲く花を了りけり
ちんぐるま湿原登路失せやすし

龍膽や巖頭のぞく剣（ママ）岳

これについて湘子は書く[7]。

> （引用者註・この群作は）「まさしく秋櫻子」と言える水準を持していて感銘ふかいのである。私はこのことを単純に、秋櫻子と山との相性のよろしさと見るが、もうすこし敷衍するならば、山は秋櫻子を純粋にしてくれる、秋櫻子は一詩人として裸になれる、ということが言えると思う。

湘子自身の山行から得た思いがストレートに表白されたような文章ではなかろうか。

馬酔木でくすぶっている問題と、湘子の孤独感はしばらく措いて、四十一年前半のⅡ欄（同人欄）・Ⅲ欄（一般投句欄）を見ることにしよう。

四十年末に、湘子はⅡ欄のレベルについて、手厳しい批評を書いている。

> これまでⅡ欄について、われわれ発企同人は特に註文をつけず、自由にやってもらう方針で進んできた。同人各自の自覚と研鑽に待つという態度であった。従って、研鑽と努力を惜しまぬ人は、当然のことながら進歩を示し、新たな展開を見せるだろうし、その反対の人は、停滞し取り残される結果となってもやむを得ぬだろうと考えていた。

＊

しかし、Ⅲ欄から新しい同人がつぎつぎに加わってくると、必ずしも放任主義が理想とはいえなくなってきた。加えて、当初からの同人に三年目の沈滞もいくぶん見られるようになったので、今年はⅡ欄の批評を徹底して行なおうということになった。Ⅱ欄同人諸氏の一層の奮起をうながす所以である。

＊

本号のⅡ欄作品は私は年末休みに目を通したが、甚だ期待に反した停滞ぶりであった。Ⅲ欄はⅡ欄へ進出した人が脱けても、いささかも心配のないほど充実していると思う。だがⅡ欄には盛り上りが見られない。もっと熱っぽい迫力が出てきていいはずである。そういった意味で、今後隔月に行なわれるⅡ欄作品評が、大きな刺激になることを望んでやまない。批評者も被批評者も、お互いに甘やかさず、謙虚に厳しく作品を高めていくよう心がけて欲しいものだ。(8)

こう書いた翌月（41・3）のⅡ欄巻頭は、

寒満月遠嶺見てわが睫毛見ゆ　植田竹亭

であった。この人の得意の療養俳句でないところに注目したい。同時作に〈千切れねば病衣飛べざりもがり笛〉などがあるにもかかわらず、湘子は「寒満月」の句を推薦句に採った。おそらく新境地への発展を期待してのことだろう。四月以降のⅡ欄巻頭句を挙げる。

悪しき記憶の終りに濃しや寒夕焼　山口睦子（41・4）

雪嶺よ召されて遂に眼が片輪　座光寺亭人（41・5）
一枚の町のせ春田どこも崩え　服部圭伺（41・6）
あきらめの眼に皺ふやす蝌蚪の水　座光寺亭人（41・7）

亭人の二回が目立つ。彼の眼病はニューギニアでの従軍中に得たもの。湘子は『雪嶺』が高音部の作ならこれ（引用者註・「あきらめの」の句）は低音部の振幅の大きさを示した作」と賞している[9]。そして、こういう境涯句と同時に圭伺のような作風も認めているところに、湘子の選の幅を見るべきだと思う。

三月号から七月号のⅢ欄巻頭を見る（句の後に選後湘子評を要約摘記した）。

冬休兎のような雪が来て　市野川隆（41・3）

市野川君の作品は、これまで、どちらかというと荒削りの素材をそのまま投げ出したようなところがあったが、今月の四句は、そういった粗さがぐっと抑えられて柔軟さが増した。表現の柔軟さはもちろんであるが、むしろ、感じ方に幅が出てきた。

この句、「兎のような雪」が、単なる比喩ではなくて、「冬休」からひき出されたいくつかの連想をふまえている。少なくとも作者が少年時代に過した冬休の回想がある。それはまた、雪のつもる山や野を駈《ママ》けめぐった憶い出ともつながっているであろう。「兎のような雪」はそうした経験から生まれた極めて自然な表現なのである。

刖揚げて蹇《あしなえ》が夢はぐくめり　阪東英政（41・4）

身体障害者である作者が、ある時、刖揚げに打興じた。その一刻の心のはずみを詠った句である。「夢はぐくめり」といっているけれど、おそらく実現の可能性をもった夢ではなかろう。歩行困難の身を一瞬忘れて興じた夢であることが一読して理解できるがゆえに、一句の訴えが切実に響いてくる。

下萠に神説かれをり拒みをり　飯倉八重子（41・5）

「神説かれをり」は、これだけの表現だと、ただ神の有難さを縷々説明されているという意味だけに終るが、「拒みをり」とつづくと、入信をすすめられていることも判る。その省略された部分が前後の表現でかえっていきいきと甦ってくる点に、俳句表現の微妙な呼吸というべきものがある。

土筆月夜機関車金の笛を持つ　岸本青雲（41・6）

「土筆月夜」は造語だが美しい言葉である。作者のイメージの美化といってよかろう。こういう拡がりの豊かな美しい言葉があるから「金の笛」という汽笛の美化も浮き上がっていない。

遠景に風湧く紫雲英白むまで　藤森弘上（41・7）

この句には評がない。他に書くことが多くてスペースが無くなったらしい。ただ、この月の「鷹俳句の周辺」では、

とべぬ蝶抱き風化しそうな胸軋む　　服部圭伺
夜雲へジャズ俺を夜盗として流す　　（同）
昏れるバイパス光るアルミの疲れた蝶　　大森民夫

の三句を挙げ、
両君の三句を挙げたのは、三句の意味、鑑賞をしようと思ったからではない。この三句は、少なくとも私は、読んで作者の表現したいことがよくわかるし、今までの俳句になかったみずみずしい詩情があると感じた。この詩情を失わぬかぎり、両君の試みていく前途には期待を持っていいと思うのである。表現や言葉の奇だけをねらっているだけではないのだ。

服部君の作品は「鷹」創刊以前から、もう数年見ているが、その作品は次第に重量を加えつつあると思っている。こういう〝芽〟を育ててゆかなければ、俳句における〝新〟の開拓は不可能といってよかろう。「鷹」にはこういった〝芽〟の二つ三つあっても、私はなんの不思議もないと思う。

私が新奇をてらって、このような作品を推薦しているのではないことを、蛇足ながら一言書いておく次第である。

とも記している。弘上の巻頭句も、この評の延長上で読んでよいと思われる。

この時期の「鷹」の企画として、特筆すべきものが二つある。一は「劇団四季」の俳優・日下武史と湘子の対談（41・3）、二は秋櫻子の『葛飾』輪読座談会（41・7以降毎月）の開始である。湘子の演劇（新劇）好きはごく若い頃からのものだが、「四季」の看板を引っ張り出して「鷹」のトップで十頁にもわたる対談を行うとは、俳句雑誌としては破天荒の企画であった。題は「演技と創造」。当時日下武史が三十五歳、湘子が四十歳。摘録する。

藤田　俳句の場合は非常に私小説的な発想が多い。（略）ぼく自身としてはもっと飛躍した、たとえば幻想の世界といったものものうたっていきたい。

日下　芭蕉の俳句などはどっちに属するんですか。

藤田　秀句として人口に膾炙しているものは、だいたい象徴性の高いものといっていいでしょう。

日下　たとえば芭蕉の中に「塩鯛の歯ぐきも寒し魚の店」「荒海や佐渡に横たふ天の川」そういう二つの系列が一人の人物の中にちゃんとあるわけでしょう。すごく楽観論的に自分の演技のことを考えれば、ハインリッヒ（引用者註・この対談の直前に演じた『悪魔と神』の破戒僧の役名）やるときの僕の気持ちだって、デモコス（引用者註・『トロイ戦争は起らないだろう』の詩人の役名）やるときのぼくの気持ちだって、結局はつまりぼくの一番根底になっている感覚がもとになっているので、私小説的もそうでないものもないんじゃないかと……。

＊

藤田　俳句雑誌の場合も、たとえばぼくならぼくという選者があって、そこへ投稿者から毎月作品が集ってくる。……選ばれた作品によって投稿者は自己のあり方を確かめる。そういうところ、多少、演出家と俳優との関係に似たところがありますね。

日下　自分の中で行なう操作と演出家との戦いになるわけだけれども、……役者の場合、演出家を鏡とするならば、末端の出している表現の形が、鏡にてらしてお客さんにもわかるような形かどうかということが、まず最初に問題になるわけです。だから技術的なことがすごく問題になる。……役者と演出家との間では心の中では戦い合っているものがある。

芭蕉が出て来る所と演技論のトバ口《くち》をちょっと引用したが、もちろん話の中心は後者。湘子は若い演技者の実感をナマの言葉でたっぷりと語らせたかったようだ。あたかも詩や短歌を朗読するように。老優の〝枯淡の芸談〟ではなく、もっと元気のよい問題提起を狙っていたのだろう。こういう企画は二度と繰り返せなかったようで、以後「鷹」には直接の演劇論は登場しない。

もう一つの大企画は名句集の研究である。最初に取り上げられたのは秋櫻子の『葛飾』で、四十一年七月号から十一月号まで五回に亘って掲載されている。一回ほぼ十頁だから、五カ月では五十頁近くにもなる。この研究は山口誓子の『凍港』、阿波野青畝の『萬両』、高野素十の『初鴉』、と、数年にわたって続けられることになる。

出席者は司会進行役の湘子を除き、すべて鷹外部の人。『葛飾』研究のメンバーを挙げておく。

俳人の稲垣きくの、加倉井秋を、楠本憲吉、沢木欣一、細見綾子。俳文学者の阿部喜三男（俳句では碧梧桐最晩年の弟子）、栗山理一。湘子を加えて八名。湘子が『葛飾』から十句を選出し、参会者が合評する形だ。

選ばれた句は、

ふるさとや馬追鳴ける風の中
夜の雲に噴煙うつる新樹かな
むさしのの空真青なる落葉かな
桑の葉の照るに堪へゆく帰省かな
青春のすぎにし心苺喰ふ
鯊釣や不二暮れそめて手を洗ふ

三月堂

来しかたや馬酔木咲く野の日のひかり
啄木鳥や落葉をいそぐ牧の木々

浄瑠璃寺

馬酔木より低き門なり浄瑠璃寺
葛飾や浮葉のしるきひとの門

である（すべて大正十四年から昭和四年までの句）。

第一回合評はこの第一句「ふるさとや」から始まる。要約摘記する。

加倉井　この〝風の中〟という下五の表現は、当時としてはモダンじゃなかったのかね。このあとでしょ。ずいぶん〝風の中〟というのが出ましたね。

楠本　沢山でました。草城がすぐ作った〝新らしき夕刊を買ふ風の中〟なんてね。

加倉井　おそらく当時なら〝風に立つ〟とかいう程度でしょう。

楠本　〝ふるさとや〟だって、大胆なんでしょうね。

＊

藤田　もし、これが平凡な作家だったら、僕は、この場合〝草の中〟としたろうと思いますね。ところが、これは、作者自身も、草の生い茂っているところに立っていることを想定して作っていると思うんですよ。ところが、草を言わないで風を言って、草を感じさせている。それが一つの手柄と言えると思います。〝風の中〟というのは、そういう鮮しさもある。

栗山　藤田さんがいうように、風の中に草を感じるのは、草がそよいでるんでしょうね。空高く吹き過ぎている風じゃない。

楠本　もし、これが〝草の中〟だったら駄句でしょうな。

一同　そうですね。

楠本　この句、ただ一つの手柄は風だけです。

沢木　煮つめてくるとそういうことでしょうかね。

加倉井　素十だったら、馬追をもっとせめるね。むしろ馬追を主体に……。

楠本　少くとも〃ふるさとや〃なんてことは言わんでしょう。

秋櫻子が明治二十五年生れで当時七十三歳くらい。阿部・加倉井・栗山などはそれより一回りほど歳下の世代である。楠本・湘子は三回りくらい下となる。座談会を通読すると、湘子はなるべく進行役に回り、年長の世代から秋櫻子句の〃読み〃を引き出そうとしている印象がある。

この後4Sなどを対象にして何年も〃研究〃は続く。

第二回は誓子の『凍港』である（41・12〜42・6）。出席者は前回とほとんど同じだが、俳文学者の井本農一、神田秀夫、俳人にして詩人の西垣脩が加わっている（細見綾子、稲垣きくのは不参加）。秋櫻子の次に誓子というのは順当のように見えて、当時の湘子の好尚が透けて見える。つまり、青畝でも素十でもないのである。湘子が『愚昧論ノート』を書くのは、十数年後の昭和五十三年。まだ虚子を再評価するには至っていない。

「『凍港』研究」の第一句は高名な〈学問のさびしさに堪へ炭をつぐ〉（大正十三年作）である。長大な連載なので、ごく一部を要約摘記する。

加倉井　誓子は自分の作家としての形成期を一期、二期、三期と分けていますね。第一期はいわゆる伝統俳句を従順に墨守した時代。第二期が新しいスタイルの運動、第三期が連作形成でもって新しい思索においてとらえようとした時代、と彼はいっております。ところが、第一期の作品は『凍港』の中でわりあい少ない。この句の前後の作品はほとんど落している。

そうした中で誓子がこの句を載せているのは、誓子自身に自信があったんでしょうね。伝統を墨守しながらも、なおかつ前向きの姿勢でこの句は対っているという気がしますね。

沢木　「学問のさびしさ」という言葉は、当時の「ホトトギス」俳句の中でも、かなり斬新な、びっくりするような、言葉自体になんか幻惑されるようなところがあったんだろうと思われるんですけれどもね。（中略）

藤田　ぼくは、平畑静塔さんが角川新書の『誓子秀句鑑賞』に書いているように「当時の大学生の死力を尽す勉強のさびしさ」であって、作者のペダントリーが学問という言葉を使わせた、という考え方に賛成です。ペダントリーという言葉が出てきたのは、ある程度、後年の誓子の作品などを頭においているのだと思いますが……。

加倉井　たしかに「炭をつぐ」というのは、伝統墨守の態度が窺えますね。

第三弾（青畝）以降は座談会のメンバーにも多少の出入がある。俳人では飴山實、多田裕計、清崎敏郎、清水基吉、田川飛旅子。他に歴史学者でもある志城柏《しじょうはく》（本名・目崎徳衛。俳誌「花守」主宰）らが加わっている。実はこの座談会のメンバーは、湘子が昭和三十九年に作った「現代俳人の会」という勉強会の仲間なのである（58頁に既述）。湘子の人脈の広さがこういうところにも現れている。

この企画は、おそらく、長い時間をかけて練られたものだろう。出席者の人選、交渉、会場や速記者の手配など、事務的な仕事が山ほどあり、座談会を終えてからは、速記のチェック、各参加者への送付、校正、そして全体の構成などの手間がかかる。二周年記念号から掲載するなら、おそらく半年以上前から様々な手配を始めなければならないだろう。

そして、この研究座談会はそれだけの手間に値する出来になったと、私は思う。総合誌の企画としてもおかしくないレベルのものだ。

だが、この記念すべき第一回の座談会が掲載されたその号の編集後記に、突然、驚くべき文章が載る。湘子の「馬酔木」編集長辞任の弁である。

（1）「湘子自注・3」（「俳句研究」・平成12・6　54頁）
（2）『俳句好日』（角川書店・平成9　192～194頁）
（3）『藤田湘子の百句』（ふらんす堂・平成26　49頁）
（4）（1）に同じ（54頁）
（5）（1）に同じ（55頁）
（6）（1）に同じ（55頁）
（7）『秋櫻子の秀句』（小沢書店・平成9　213～214頁）
（8）Ⅱ欄後記（「鷹」41・2　19頁）
（9）「鷹俳句の周辺」（「鷹」41・7　58頁）

第七章　湘子の馬酔木離脱

「鷹」四十一年七月号編集後記の、「馬酔木」編集長辞任の文を引く。

七月から私は「馬酔木」の編集長を辞めることになった。勤務の多忙がいよいよ加わってきたためである。編集部入りしたのが三十年一月号からで、以後十一年半の間にちょうど一四〇冊の「馬酔木」を編集してきたことになる。ずいぶん長いことやったものだとつくづく思う。しかし、その中で自分で気に入った編集ができたのは果して何冊あったろうかという自責の念も、いまは強いようである。私のやってきたマンネリズムを打破した、新「馬酔木」の出るのを心から待つ次第だ。

私が「馬酔木」の編集を辞めても、「鷹」に使う時間が増えるというわけではない。むしろ「鷹」の方へも多忙の余波が及ぶようになる公算もある。今後は投句の締切などもしっかり守っていただいて、協力して下さるようお願いする。

（湘子）

同趣旨の文は「馬酔木」八月号の編集後記にもある。この方が少し長いが、大事なことなので、やはり全文を引用しておく。

私が本誌の編集に携わるようになったのは昭和三十年一月号からでした。はじめは波郷氏の助手でしたが、三十二年から編集長という重責を与えられ、本号まで十一年半、ちょうど一四〇冊の馬酔木を編集してきました。その間、四百号、四十周年、五百号、先生の芸術院賞受賞号など各種の豪華な記念号を編集できたことは、望外の幸せといえます。

編集長二年交替説というのがたしかあったと思います。これは売ることが第一条件の商業誌の場合ですが、売ることが二次的な俳誌の場合でも、やはり四、五年というところが編集長の任期の限度といえるでしょう。してみると私は、普通の倍以上もその席にいたことになります。近年、マンネリズムになっていなかったかどうか慚愧に思うゆえんです。

こんど私の勤めの仕事が急に膨れあがったので、本号かぎりで編集長の席から退くことになりました。全く急なことであったにもかかわらず幸い水原先生のご理解も得られました。うかうかと過した十余年ですが、やはり多少の感慨を禁じ得ません。

後任はまだ決定していませんが、次号からは一層いきいきとした馬酔木がお手元に渡ると思います。私も都合つく限りこれまでの経験を生かしてアドバイスしたい考えです。これまで私の無理な註文を聞いてご援助下さった執筆者各位、あるいは絶えずご叱正を賜わりました俳壇内外の皆様、そしてご協力いただいた竹内印刷所の人々に厚く御礼申しあげる次第です。

（藤田湘子）

これによると、辞任の理由は「（引用者註・国鉄関係の）仕事が急に膨れあがった」ためで、それも後任もまだ決められないほど「全く急な」ものである。特に後任を決めないのは（少なくとも意見具申もしないのは）少々無責任だと、世間の常識では思われても仕方ない所だろう。

その間の消息を窺わせる一通の書簡がある。昭和四十一年七月八日付、秋櫻子から楠本憲吉に宛てたものである。（1）

貴重な資料なので、全文を引用する。

拝啓

御高著忝けなく拝受仕りました。早速拝見しましたが、実におもしろく、存じます。読者が皆喜ぶことゝ存じます。

先日藤田が来て、今度九州兼任のやうなことになり、月の半分は九州へ行（ママ）ので、編集が出来ないと申しますので早速承知して置きました。試みに八月号の一部分を小生がやつて見ましたが、別にむづかしくもなく、十分出来さうに思ひます。

藤田の言ふことは事実と思ひますが、編集をやめる気持になつたのは、大兄の御訓しがあつた為め（ママ）と思ひます。馬酔木にとりましては好い結果になりましたので御厚意深く感佩仕ります。昔ならば到底これまで待てなかつたのですが、年をとりますと、事を荒立てるのがいやになりますので、実によかつたと思ひ、大兄の御厚意をくり返し有難く思ふ次第であります。

御報告かた〴〵謹んで御禮まで

七月八日　　　　　　　　　　　　秋櫻子

楠本憲吉様

この書簡で分かることがいくつかある。

① 湘子の仕事が九州関連であること。

② 湘子の辞任を秋櫻子は「早速承知」していること。慰留や後任推挙などのやり取りがあった形跡がないこと。

③ 湘子の辞任申し出については、楠本憲吉の口添え（ないし根回し?）があったらしいこと。(2)

④ 秋櫻子はどうやら、（本人としては我慢して）長い間、湘子の辞任申し出を待っていたらしいこと。（「鷹」の創刊前後、湘子らがいろいろ秋櫻子の「誤解」を解くべく奔走していたことが結局無駄に終ったように見える。）

私の想像を交えて下世話に言ってしまえば、憲吉はもともと湘子と仲が良かった（「鷹」に評論を書き、句集研究座談会に参加し、自分の経営する「灘萬」で鷹の会を開いたりしている）。また、馬醉木の外部の人間であるので、かえって秋櫻子の気持がどうにもならぬほどに動かし難いことを知って、湘子に「もう辞める方がいい」と助言したのではなかろうか。「大兄の御訓《さと》し」と秋櫻子も書いている。たまたま九州の仕事が多くなったのが、理由としてちょうどよいではないか。そうすれば事を荒立てないですむ。もしかしたら憲吉は根回しも引き受けていたかもしれぬ。秋櫻子の書簡の弾んだ調子と礼の述べ方から、どうもそういった気配が感じられるのだ。

「鷹」「馬酔木」の編集後記と秋櫻子書簡から、湘子の「馬酔木」編集長辞任は四十一年七月初旬、と確定できる。

実は小生編の湘子年譜（「花神コレクション『藤田湘子』」及び『藤田湘子全句集』所載のもの）に湘子の「馬酔木」編集長辞任は四十二年八月と記してある。これは誤りなので、ここで訂正させて戴きたく思います。(3)

なぜこういう誤りが生まれたか。自戒を込めて記しておく。

① 昭和四十四年九月発行の「鷹　5年の歩み」の年表に湘子の「馬酔木」編集長辞任が昭和四十二年八月と記載してあること。（本書巻末掲載のものでは訂正した。）

② 『現代俳句全集』第四巻（立風書房・昭和52）の湘子の「自作ノート」（97頁）に「『馬酔木』編集長辞任（42年）」の記述があること。(4)

③ 「俳句研究」（平成12・6）所載の「湘子自註・3」。昭和四十二年作の〈放浪のごと雪道に

足奪《と》られ〉の句の註（55頁）に、「『鷹』創刊後も『馬酔木』編集長だったが孤立無援、この年（引用者註・昭42）ついに辞任した。」の記述があること。

以上によって、湘子自身が長く「馬酔木」編集長辞任を昭和四十二年と勘違いして記憶していたことは明らかである。しかし、本人の記憶がどうあれ、当時の「馬酔木」や「鷹」の編集後記をチェックしていれば、年譜の誤りは避けられたはずである。①の記述を信用し過ぎたことに、すべての原因があった。年譜作成者としてお詫び致します。

さて、湘子は編集長を辞任した後も、四十一年十一月号と四十二年二月号には「馬酔木」当月集に作品を発表している。が、以後、それもなくなって、四十二年末（あるいは四十三年一月早々）には馬酔木同人を辞退することになる。

「鷹」四十三年二月号の表紙2に、大きな囲みで、湘子名の「告」が載っている。その号の編集後記にも湘子は長文を記している。

大事な資料なので、全文を記録しておく。

告　　　　　　藤田　湘子

私はこのたび馬酔木同人を辞退いたしました。馬酔木における二十余年の作品活動を回顧いたしますと誠に感慨を禁じ得ぬものがありますが、現在の馬酔木にとって、私が同人を辞退することが必要であると判断したからであります。

水原先生をはじめ先輩友人各位のこれまでのご厚情を深謝すると共に、先生のご健康と馬酔木の隆昌を心から祈念してやみません。

また、私の馬酔木同人辞退によって、鷹も当然、馬酔木の系列から離れることになります。したがって、現在、馬酔木、鷹両誌に関係をもっている方、あるいは、鷹が馬酔木系誌であるという理由で参加された方は、このさい鷹を去って、馬酔木の発展に力を尽されるよう特に望んでおく次第です。

編集後記

表紙2でお知らせしたように、私はこんど馬酔木同人を辞退した。水原先生にはこの二十余年、公私にわたって数えきれぬご恩を蒙った。また、先輩諸氏や友人達からは折にふれてご鞭撻をいただき、私の作品活動に大きな励ましとなった。心からお礼を申しあげる次第です。

このことで、今まで四年近いあいだ鷹で一緒にやってきた遷子、星眠、葛彦、亨、まり子、緑生、黒石礁氏等はたぶん鷹を去ってゆかれるであろう。これまでの友情に対し感謝申しあげると同時に、今後も外から鷹の成長を見守って下さるようお願いする。

また、同人、会員諸兄の中にも前記の方々と行を共にされる何人かがいると思うが、鷹を去る場合はどうぞ遠慮なく行動されたい。そして鷹同人を離脱される方はウヤムヤに済まさずに、ハガキ一枚でも結構だから発行所あてお知らせねがいたい。進退を明確にしていただくことは、今後の俳壇の明朗化のためにもぜひ必要なことなのである。

鷹に拠って活動する我々は、今日以後はいよいよ作品の充実を示さなくてはならぬ。私もこれからは作品活動に重点をおいて、馬酔木同人辞退ということがらを、無為に終らすことのないようにしたい。自分にも厳しく、そして同人、会員にも厳しくして、鷹が本来のかがやかしい羽ばたきを示すようにしたいと思う。（湘子）

湘子は「鷹」に載せたこの二つの文章以外には、当時、馬酔木離脱の経緯について何も書かなかった。翌三月号巻末の「たか・さろん」欄の末尾に、

このたびの私の馬酔木同人辞退のことにつきまして、多くの方々からお手紙をいただき感謝いたしております。また、いろいろとご質問などもありましたが、あえてお答えはしないつもりです。なにとぞ悪しからずご了承をお願いいたします。

という〝お断り〟を記してもいる。

この件については、後年、「『鷹』によって『馬酔木』の底辺と限界を広げようという試みは、『馬酔木』に容れられなかった」と、当時「鷹」編集長だった小澤實が書いている。[5] そして、こういう見方が一般となった。それはそれで間違いではないのだが、実際にはもっと複雑な流れが

あったに違いないのだ。もちろん私は小澤の表現を非難しているわけではない。湘子以外の誰にしてもこのようにしか書けなかったのである。

湘子はこの後も、この問題については殆ど文字を残していない。ずっと後年になって、僅かに自句の解説の中でチラチラと、当時の思い出の形で、断片的に触れることがあった。管見の限り、それを拾ってみよう。

①〈一月や夜の来るごとき沼の色〉（四十三年作）について。[6]

一句の仕立てが平明で坦々としているようでありながら、どこか鬱したものを秘めていると思うのは、この句の直後、秋櫻子あてに「馬醉木」同人辞退の手紙を書いた、という事実に照らし合わせて読むせいばかりでもあるまい。〈羽音して寒雀きて世の暗さ〉がこの句につづいてあるが、わが悲調ここに極まれり、と思う。

同人辞退の告知が「鷹」に掲載されたのは四十三年二月号で、原稿は遅くとも一月初めには印刷所に渡されていなければならないはずだ。だから「手紙」を書いたのも一月のごく初めであろう。

②〈凍湖に赤き椅子一つ置く何見んと〉（四十三年作）について。[7]

諏訪湖の風景。しかしこれを、「馬醉木」を辞めた私の姿と見てとった人がいる。その折り同人諸氏に発した私の手紙の原稿が先日（引用者註・平成12頃）出て来た。読むと殊勝にも、「馬醉木の人は馬醉木に戻って発展に尽くして欲しい」と言っている。前記した各氏はみんな去った。

「前記した各氏」の意味がハッキリしない。この「自註」の前の方を見ても該当する句や同人の名前がないのだ。で、「前記」とはこの手紙を出した同人、と一応考えておく。

③〈日のあたる方へ深雪の幹歩む〉（昭和四十三年作）について。[8]

信濃大町の宿はしずかな林の中にあった。近くに小さな泉があり、大雪の降った朝そこへ行くと、鷹の舞い下りた羽の形に雪がくぼんでいた。こころから感激した。二月、ある決定的なことがあって、『馬酔木』同人を辞退した。

これが具体的に何であったかは、湘子は（後になっても）一切言及していない。なお、ここには「二月」とあるが、①で書いたように、暦では四十二年十二月か四十三年一月のはずだ。

④〈貝食べて遠国へ行く冬帽子〉（昭和四十六年作）について。[9]

「馬酔木」を辞めたとき秋櫻子が会長の俳人協会も同時に辞めた。角川源義が「おれに話してくれれば……」と残念がった。その後はどの協会にも属さぬつもりだったが、高柳重信と語って再度現俳協（引用者註・現代俳句協会）に入った。「鷹」が孤立化しかねぬきびしい状況があった。

⑤〈朝顔の双葉に甲も乙もなし〉（昭和六十年作）について。[10]

「鷹」を二十年主宰して、さまざまな俳句作者に会った。訣れもあった。秋櫻子は、俳人善人説で最初私もそれを信じていたが、戦後の混乱と貧窮でそんな甘さも吹っとんだ。句はそんなことを詠ったものではないが、ふところに入ってきた人を私はみな信じる。

言外に、「馬酔木」同人辞退については、秋櫻子に自分（湘子）は信じられていなかった、というニュアンスはないか？　これは筆者の深読みだろうか？

⑥〈白鳥に餌撒き声かけ男さみし〉（昭和三十九年作）について。[11]

新潟県瓢湖。すでに「鷹」発行を決め、同人として参加することを約した人たち十数名が一緒。「馬酔木」の傘下で若手中心の同人誌をつくることが目的だったが、臆測乱れとんだ。山上樹実雄が後に「湘子さんはざん言にやられましたね」と言った。

「後に」が何年のことかは書かれていないが、馬酔木離脱を指していることは明らかだ。湘子が「ざん言」という強い言葉を使っている（他人の言を借りてだが）のは、この一文のみである。

⑦〈亡き師ともたたかふこころ寒の入〉（平成十年作）について[12]

何十年前か、「馬酔木」鍛錬会を伊豆で行ったとき、秋櫻子夫妻と達磨山に登った。富士山が素晴らしく大きく見えた。平地から仰ぐより高みから見るほうが大きさが実感できるという。私にとって秋櫻子は富士山、私自身はようやく達磨山の中腹あたり。

秋櫻子が亡くなったのは昭和五十六年。それから十数年を経て、なお、湘子は「たたかふ」と書き付けねばならぬほどに、馬酔木を意識していたのである。

断っておくが、湘子は秋櫻子個人を憎んだのではない。「たたかふ」対象は「亡き師」に象徴される馬酔木の総体なのである。湘子は死ぬまで、自らの心の中では秋櫻子を師と仰いでいた。馬酔木を離れた事情はそれとして、秋櫻子個人に湘子は何も含む所はなかったのだ。

馬酔木同人辞退から十数年後の昭和五十六年七月十七日、秋櫻子逝去。湘子は葬儀に参列し、次の悼句をなし、後年自註を付した。(13)

悉く夏萩の露散りにけり　（『春祭』所収）

私が俳句を始めてから秋櫻子先生が亡くなるまで、ちょうど四十年。その前半、私はよい弟子であったと信じている。後半はたぶん、先生は私を厭な奴と思われたにちがいない。いろいろあったが七月十七日、現世のことは終わった。十八日、柩のお顔を拝した。

平成五年からは「鷹」に「秋櫻子の秀句」を連載し、単行本（小沢書店・平成9）の「あとがき」に、

ことし平成九年は秋櫻子没後十六年、虚子没後三十八年である。昨平成八年十月には「ホトギス」創刊百年の盛大な祝賀会が開かれ、私もその席に列する栄をあたえられたが、祝宴のあいだ私は、不遜にも、湘子―秋櫻子―虚子―子規という軸を仮定して俳壇百年を見つめていた。こうすると自分の立場も師の業績もよく見えてくるのである。

と記している。その連載途中の平成六年七月には、秋櫻子忌を「群青忌」と名付ける自説を鷹の仲間の句会で披露してもいる。(14)

（1）　鶴岡行馬氏（宮城県在住）所蔵。鶴岡氏は本書簡を古書店の売立で入手された由である。四十一年七月八日の消印がある封筒付き。なお、『水原秋櫻子全集』（講談社・昭和52）には書簡篇がないので、この書簡は今まで知られていなかったと思われる。鶴岡氏の御好意により、ここに採録することを得た。

（2）この点については、鶴岡行馬が本書簡を紹介した「鷹みやぎ」（三九四号＝平成27・9）の文章ですでにふれている。

（3）なお、小生作成の年譜ではないので今さら指摘するのは申訳ないのだが、『現代俳句研究Ｉ　藤田湘子』（高文堂出版社・昭和55）、『朴下集』（現代俳句協会・昭和57）、「鷹」年表（「鷹」平成元・10）、「鷹年譜」（同26・7別冊）などに掲載の湘子年譜にも同様の誤りがある。

（4）この点については、平成二十七年十月に今野福子の指摘があった（小生宛私信）。

（5）「わが師、わが結社」（『藤田湘子』　春陽堂俳句文庫・平成5　190頁）

（6）「自句傍見・3」（「鷹」昭和51・11　12頁）

（7）「湘子自註・3」（「俳句研究」平成12・6　56頁）

（8）（7）と同じ

（9）「湘子自註・4」（「俳句研究」平成12・7　54頁）

（10）「湘子自註・7」（「俳句研究」平成12・10　53頁）

（11）（7）と同じ（52頁）。山上樹実雄は湘子の馬醉木離脱当時、馬醉木同人。のち「南風」代表。平成二十六年没。

（12）「湘子自註・9」（「俳句研究」平成12・12　52頁）

（13）「湘子自註・5」（「俳句研究」平成12・8　55頁）

（14）「句帖の余白」（「鷹」平成6・9　11頁）

第八章　鷹独立宣言

湘子の馬酔木同人辞退によって、昭和四十三年二月以後、鷹は独立誌の道を歩むこととなった。今までは俳句の面から鷹の歩みを見て来たわけだが、ちょっと見方を変えて、同人・会員の数の面から調べてみよう。

まず同人。

創刊二号に発表された同人名簿によると、創刊発企同人八名、一般同人九十七名、計百五名であった。その後、新同人として、四十年四月十一名、四十一年一月十二名、四十二年一月六名、同年十二月十名、四十三年十二月九名の、合計四十八名が指名されているので、創刊時の百五名にこれを加えれば同人数は百五十三名となるはずである。

ところが、湘子の馬酔木編集長辞任などあって、独立の年、「鷹」四十三年十二月号の同人名簿登載数は（指名されたばかりの新同人九名を含めて）八十六名である。単純に差引すれば、六十七名が四年ほどの間に鷹を離れたことになる。これは創刊時の同人の実に六十四パーセントに近い数字である。四十三年末には創刊時の同人の約三分の一しか残っていなかった、ということだ。

この年のⅡ欄（同人欄）の出句は大体五十五名前後だから、毎月の（熱心な）出句者はおよそ同人の七割弱となる。

馬酔木から来た旧同人が新同人と代りつつある頃のこの数字を、私は〝新人健闘〟と見たいのだが、将来を見据える湘子には飽き足らなかったようだ。これから湘子は鷹の同人に対して発破を掛け続けることになる。

次に会員。

三十九年七月創刊号の「鷹俳句・Ⅲ」（同人以外の一般投句・以後Ⅲ欄と称す）の出句者数は二百五十九名であった。それが、湘子の馬酔木編集長辞任を経て馬酔木同人辞退（鷹独立）表明の四十三年二月号では百八十七名となっている。単純計算で七十二名、二割五分減。将来が心配になる数字だ。

にもかかわらず、湘子は馬酔木同人を辞退せざるを得なかった。「そのことによって、Ⅲ欄の投稿者や例会出席者の何割かは減るだろう」と覚悟していたようである。(1)

ところが、その予想は裏切られた。四十三年Ⅲ欄の投句者数を列挙する。

三月号二百三十四、四月号二百二十三、五月号二百十三、六月号二百二十一、七月号二百三十、八月号二百二十六、九月号二百十五、十月号二百十九、十一月号二百三十二、十二月号二百三十一。凸凹はありながら若干の増加傾向すら示した。年末には減少分の半分以上を取り戻したことになる。

さらに四十四年に入ると、一月号二百三十二、二月号二百四十三、三月号二百八十三と、創刊時を超すまでになった。

これは地道に続けてきた吟行会、支部設立、各地例会などの努力が重なってのものに違いない。そして、このことがどれほど湘子を鼓舞したことか、想像に難くない。

馬酔木同人辞退表明の直後の四十三年四月、「鷹50号記念西日本大会」が広島市で開かれた。出席者七十余名（右掲三月号Ⅲ欄の投句者がマイナスにならずに、二百三十四名と若干ながら増加を見せていた時点である）。ここで湘子は「現代俳句の方向」と題して富楼那《ふるな》の弁を振るっている。大会世話人の川本柳城による要約が「鷹」同年六月号に載っているので、（本人の発言そのままではないが）以下引用する（引用者註・適宜改行した）。

（引用者註・老大家は）有季定型をお題目のように唱えながら季題論、定型論の検討すらやっていない。閉鎖的で、俳句の新しさをもとめぬために痩せた有季俳句が氾濫する現象となっている。

私は本年二月馬酔木同人を辞めた。今でも馬酔木を一番思っているのは自分であろうと信じている。馬酔木の中に居ては馬酔木批判は出来ない。もの言えば唇寒しになる。

今の馬酔木作品を見ていると、技術的には非常に進んでいるが、内容はお寺の句ばかりが多く、人間不在だ。こういう句を何百読んでもわれわれは驚かない。古いものが新しいものを拒否している馬酔木だが、私は何としても往年の新鮮さをとりもどして貰いたいと思っている。

われわれの鷹は、昔の馬酔木が持っていた新しさに、若々しさをもとめて出発したわけであるが、われわれは現俳壇にこだわらず別の新しい俳壇を作ろう。われわれの鷹は進歩的伝統派として、年齢にふさわしい充実を示すべきである。有季定型のなかで深さを求めながら新しさを生きいきと求めていきたい。

これに加えて「西脇順三郎の『新しい結合』の理論を引用、新しい表現の手法について言及」ともある。

「痩せた有季俳句」「お寺の句ばかり」「人間不在」「進歩的伝統派として」など、歯切れのよい決め台詞を要所に配して、この講演は圧倒的な迫力があったようである。言わば鷹の独立宣言の観がある。

もう一つ、馬酔木同人辞退一年後の湘子の文を引く[2]。

　鷹もいつのまにか五周年を迎えるようになった。（中略）五年間のできごとでいちばん大きなことは、昨年（引用者註・昭和43）の二月、私が馬酔木を脱退したことだろう。これは私個人に関することであるが、同時にまた鷹の重大な事件でもあった。鷹創刊号を見ればわかるが、発起《ママ》同人の堀口星眠、千代田葛彦、有働亨氏と私の四人が座談会で、鷹の性格や方向づけについて語っている。この座談会で語られたことは、その後の事情の変化にともなって、おのずから修正せざるを得なくなったことは、大方の承知しているところとおもう。しかし、私の籍が馬酔木にあり、他の発起同人《ママ》の籍が鷹にあるあいだは、事情はどうあろうとも創刊の精神の何分かは生かしていかなければならなかった。それが昭和四十三年二月以降、ご破算になった。前記の三氏をはじめ相馬遷子、古賀まり子、沢田緑生、小林黒石礁といった発起同人《ママ》が悉く馬酔木へ帰ってしまったからである。（中略）（引用者註・私と七氏との）友情には一片の暗影もはいりこむ余地はないとしても、俳句作家の生き方には大きな隔たりができてしまった。私には「昭和四十三年二月、馬酔木を脱退」、七氏には「同年同月、鷹同人を辞退」という烙印が大きく焼きつけられて、その時から異った歩みをはじめたからである。

「ご破算」という言葉に湘子の万斛の思いが込められているようだ。

前に同人数の変遷を述べたところで、「これから湘子は鷹の同人に対して発破を掛け続けることになる。」と書いた。湘子にすれば、それには理由があったのである。

鷹創刊の項で述べたが、湘子の「鷹」創刊時の理想は主宰誌ではなく同人による集団指導誌にあった。同人誌の相互研鑽を大切にしたいと考えていたのである。とりあえず「指導」に当たるのは創刊発企同人としても、ゆくゆくは一般同人からも「指導者」を抜擢したいと思っていたはずだ。だから創刊からずっと後年まで、湘子の肩書は「主宰」ではなく「代表同人」なのであった。

なお、『藤田湘子全句集』年譜（小生編）の昭和四十三年二月の項に「湘子は『馬酔木』同人を辞退、『鷹俳句会主宰』となる」とあるが、この「主宰」は「代表同人」の誤りなので、ここで訂正させて戴きたい。

「主宰」にはならぬことについて、昭和四十四年、前に引用した「俳句・俳人・俳壇」の第一節の後段で、湘子は次のように記している。(3)（長文なので、適宜改行した）

たとえば、集団指導制の問題がある。もしかりに、鷹の創刊から今日（引用者註・昭和四十四年初頭）までの過程において、いささかの外的制約も加わらなかったならば、新しい俳句雑誌の在り方を示すものとして、この集団指導制はある成果を収めていたとおもわれる。

しかし、七氏（引用者註・湘子以外の創刊発企同人）が去ったことによって、この理想像は、現在、瓦解した形になった。だが、鷹がいきいきとした活動を持続するためには、どうしても集団指導体制を確立しなければならない。藤田湘子の主宰誌にしてはいけないのだ。

そのためには七氏の穴を埋める新しい指導者群が、一刻も早く登場してくる必要がある。さしあたり、Ⅰ・Ⅱ欄の作家達のよりいっそうの自覚が望まれるのだが、鷹内部の交流、結束は一応の成果を挙げたとして、本年から実作の鍛錬に重点を置こうとする所以も、またそこにあるわけなのだ。

湘子はすでに四十一年二月号や七月号でⅡ欄の停滞について手厳しい批評を加えていた。(4)その年十二月号と翌年十二月号では同人の「Ⅱ欄作家出稿回数」を（名前入りで）誌上に公開し、奮起を促してもいる。

四十一年(年間)。十二回＝二十五名。十一〜十回＝九名。九〜六回＝十六名。五回以下＝十三名。(合計六十三名)[5]。
四十二年(年間)。十二回＝三十名。十一〜十回＝八名。九〜六回＝十一名。五回以下＝十二名。(合計六十一名)[6]。

この時期に一番近い同人名簿[7]によれば、同人総数八十四名。これからⅠ欄同人（創立発企同人と、飯島晴子・酒井鱒吉・菅原達也・安斉千冬子・座光寺亭人の合計十三名）を引くと、Ⅱ欄同人の実数は七十一名となる。

そこで、右の「出稿回数表」を見直して下さい。年間十回以上出稿者（ほとんど欠詠なし）がほぼ半数。大甘に年間六〜九回出稿者を加えてもようやく七割である。全く出稿のない同人も十名ほど（約一割五分）いる。

湘子が描いた理想と現実の同人のレベルとは、残念ながらかなりの落差があったといわざるを得ない。

それでも湘子は、四十三年からは「Ⅱ欄縦走」の題で気鋭の若手に何度も批評を書かせているし、同年九月の同人総会でもⅡ欄の奮起を促す発言をしている[8]。四十四年の右の文はそれを受けてのものなのだ。

一方で、飯島晴子・酒井鱒吉のⅠ欄トップ二名による公募句選（初心者対象・隔月交代）を五十四年八月号から始めている。Ⅲ欄と別枠とは言え、湘子以外の人間が「鷹」誌の投句の選をするのは創刊以来初めてのことだ。これも「集団指導」を見据えての試みだろう。ところが、この試みは五十六年二月号で終る。投句者数が二十数名止りだったからだ。

この経験が湘子に〝同人誌的集団指導制〟を諦めて「主宰」制に舵を切らせるきっかけになったのではないか。

ただし、五十年代の「鷹」誌を精査しても、湘子自身が自分の文章で「主宰」となる宣言をした形跡がない。だが「代表同人」に代わって「主宰」の表現が、同人総会や吟行会の記録で五十五年頃から一般的になる。五十五年一月号の編集後記で、当時の編集長・永島靖子が「主宰」の表現を使っているのが早い例である（「代表同人」の称呼が使われたのは、管見の限り、五十五年十二月号の「同人総会記」が最後）。おそらく湘子は、この問題は大袈裟にしないで「主宰」の称呼を導入したかったのではなかろうか。言換えれば軟着陸を目指したのであろう。同人・会員にとっては現実の湘子の地位を追認するだけだったので、抵抗感なく受け入れられたのだろうと思われる。(9)

「鷹」が実質的に「主宰誌」となっても、湘子はⅡ欄（同人欄）にこだわった。

現在でも、俳句結社誌の多くは一般会員投句欄とは別に同人出句欄を設けている。「鷹」も創刊以来「Ⅱ欄」（同人欄）を設けていた。如上の経過を経て、創刊十周年の四十九年一月号から、Ⅰ欄を当月集、Ⅱ欄を同人集、Ⅲ欄を鷹集と呼称を変え、Ⅱ欄は年間評を載せるなどテコ入れを図っているが、結局六十三年十二月号で同人集は休載となる。他の結社と違い、鷹の同人は、当月集（後の日光・月光集）同人を除き、会員と同じ鷹集で主宰選を受けることになった（現在でも同じ）。

同人の〝特別待遇〟が無くなった代りに、六十年十二月号から（年一回だが）「同人自選一句」の欄が設けられ（現在も続行）、また六十一年九月号からは「特別作品」として、毎月四人、新作十句提出の連載が始まる。人数が纏まった時点で主要同人による批評を行う企画で平成八年二月号まで継続した。また、六十一年二月号からは「同人名鑑」として、毎月八人が写真入りで自分の代表作十句を掲載する企画もスタートした（休載期間もあるが、平成八年三月号まで）。そして「同人特別作品」と「同人名鑑」の後継企画としては、毎月四人が自作の註を載せる「同人自句紹介」が平成八年四月号から始まっている（現在も続行）。

湘子は同人に発破を掛けつつも、アフターケアを怠らなかったのだ。

湘子の馬酔木離脱の問題などを書いているうちに、同人制・主宰制など後年のことまで筆が滑った。改めて創刊三年目の昭和四十一年後半に筆を戻そう。

湘子の「馬酔木」編集長退任直後の「鷹」四十一年九月号に「千代田葛彦聞き書」という四頁のインタビューが載っている。葛彦は「鷹」創刊発企同人の一人で、湘子に最も親しかった人。この時期にこの人の発言とは、幾分かは湘子の代弁と勘繰るムキが出そうな人選ではある。が、ともかくも要点を紹介する。（行文に少々晦渋なところがあるが、そのまま引く。）

（「俳壇結社誌の現状について」の編集部質問に対して）

結社にもいろいろあって、主宰者そのものが確固とした信念、俳句観をもって真剣に指導しているところと、俳壇を泳ぎ渡る式の主宰者があります。後者の作家たちが俳壇を眺めまわして流行的な言葉とか、流行的な傾向とかを簡単に取入れ、ミックスして自分の俳句と思ったりしている。（略）

鷹の場合に戻りますが、私は始めから鷹は湘子主宰の、湘子の指導理念をもって行くべきだと初めにいったわけですが、創刊当時の情勢においてそうはいかなかったし、湘子さんの判断もあったわけです。そこはいろんな考えもあったでしょうが、鷹が発展するというよりも、よりよきものの為には、より人間的な魂の交流、そういう集団であって、指導理念には一つの方向が与えられていなければいけないと思います。馬酔木の人々を糾合してじゃなくて、鷹の方は鷹と、より新しい自分なりの歩みをとるべきではなかったか、そう思います。今からでも遅くない。今まである結社誌もいろいろ紆余曲折を重ねてきていると思いますが、鷹は鷹、むしろ鷹は鷹だという意識を強めた、しかもそれが一つの理想をもって何か一つの方向へ発展して行く、それが、俳句そのものの本道、本質を逃さず摑んでゆく、そういったおしなべて光るものに、俳句雑誌の魅力が出てくるのではないでしょうか。

（「山陰グループの前衛性や湘子の指導理念について」の質問に対して）

結局これは「不易流行」という芭蕉の言葉に落着くのではないですか。一つの結社の中で非常に幅広く可能性を吸収するということは一つの理想でありましょう。それでも、それにはその時代の構造、或はその人の素質や一応の限界がある上、今の鷹を見ていると二つの大きな理由があります。一つは馬酔木の人も吸収して人数を確保したということ。しかし、それはある意味では誤りではなかったか。勿論、馬酔木で育った湘子さんが主宰してやっていく雑誌だ。たとえ小さくとも自分がある理念をもって、湘子と共にやっていくというのが一番よろしい。私は援助とはおこがましいが、協力して行こうというわけです。鷹に集った人の中には、その幅広い吸収性に一つの誤算をもったものもあって離れていくものもあったけれど、やるものはやっているわけです。（略）湘子さんに心酔してゆく人々が非常にたくさんいるということも、これが本当の強みでありましょう。

その中で、もう一つは先程の山陰グループの傾向として前衛という言葉が出たが、そういうものも一向あって差支えない。

全体として、馬酔木（秋櫻子）に対して何かを弁解する基調はない。「馬酔木の人も吸収して」の辺りにチラと反省があるように取れるが、文章の流れとしては、前衛的な作者も含めて「湘子と共に」やって行こうという方向になっている。対外的に湘子の代弁をするのではなく古い友として語る、と素直に受取っておいてよさそうに思われる。

こういう文章は、しかし、この後「鷹」には載っていない。湘子は今や馬酔木に斟酌することなく、弁解することもなく、ひたすら己の道を突き進むことになる。それは、具体的には、

①　４Ｓの句集研究に代表される「俳句批評」の重視。
②　二十代の若手の育成。
③　飯島晴子に続く鷹賞作家（ひいては新Ｉ欄作家）の選定・育成。
などに現れることになるだろう。で、あと一〜二年の流れを駆足で見て行きたい。


まず句集研究座談会。

最初が秋櫻子の『葛飾』（41・7〜11）、次が誓子の『凍港』（41・12〜42・6）だったことは前述したが、続いて青畝の『萬両』（42・7〜11）、素十の『初鴉』（42・12〜43・4）、最後が「川端茅舎研究」（43・5〜10）と、およそ二年半計二十八回に亘って掲載された。一回八〜十頁だから、創刊直後の（おおむね）六十四頁建（現在の「鷹」の約半分の頁数）の雑誌には大きな負担だったはずだ。

負担だったけれども、この連載を始めて間もなく、「文藝春秋」（41・10）の俳壇時評と俳誌「れもん」（41・11）の時評でこの企画が取上げられた。当時の「文藝春秋」は俳壇・歌壇の匿名コラム時評を連載していて、これがなかなか辛口で面白かったと記憶している。その匿名氏が「この連載の目的は、俳句批評の基準喪失の現代、どうやらその回復に重点が置かれているようだ。」「（『鷹』は創刊二周年を迎え）この連載という快打をかっ飛ばした。」と書いた。大結社馬酔木に〝睨まれて〟いた弱小誌の「鷹」を八百長で褒めてくれる評者がいたとは思えない。「れもん」の評も同趣旨である。二つの時評を「鷹」(41・10　56頁)に転載した湘子の心情、思うべし。

先輩作家の研究の他に、鷹の主な若手作家についての、若手を起用しての批評がこの頃から目立って増えてくる。「服部圭伺論」(菅原達也)(41・11)、「倉橋羊村論」(桜岡素子)(41・3)、「金子潮論」(高山夕美)(41・5)、「青木泰夫論」(西野洋司)(41・7)、「石部桂水論」(小坂英)(41・8)、「越野としを論」(海野正一)(41・9)、「高山由美論」(吉井瑞魚)(41・11)、「寺田絵津子論」(須藤妙子)(42・1)、「鷹二十代作家素描」(熊木まさのり)(42・3〜43・4)、など。

そしてこの流れの中から、永島靖子の「嗜虐の皓さ」(43・3)が生まれる。

美しい氷を刻み
八月のある夕べがえらばれる
由緒ある樅の木と蛇の家系を絶つべく
微笑する母娘

という吉岡実の詩「聖家族」を引いて、「この日常的な恐怖の詩的造型はそのまま晴子俳句の風景ではなかろうか。現代生活の中からすぐれた美的触角がとらえてくるものは、結局同じものである。それは情緒の拒否の上に、狂気をも死をも恐れない非情の美として成立する。」という視点から、晴子の「見ることによる認識」を論じた最初の本格的晴子論である。

(1)「編集後記」(「鷹」43・4　58頁)

（2）「俳句・俳人・俳壇」（「鷹」44・2　36～37頁）
（3）（2）と同じ（37頁）
（4）本書の第六章で紹介した。
（5）「鷹」（41・12　23頁）
（6）「鷹」（42・12　13頁）
（7）「鷹」（42・11　95～96頁）
（8）「同人総会記」（「鷹」43・11　25頁）
（9）個人の発言でなく明確に雑誌として「主宰」という称呼を使ったのは、管見の限り、「鷹」平成八年四月号（第二次鷹出発号）口絵の「湘子主宰」というキャプションが最初である。

第九章　両の手に

昭和四十二年十一月号が「鷹」三周年記念号である。

この号には四本の柱がある。

第一が栗山理一（俳文学者・成城大学教授）の評論「季語についての雑感」。第二が室生朝子（室生犀星長女・エッセイスト）の犀星句〈朝々や栗ひらふ庭も寺どなり〉〈栗のつや落ちしばかりの光なる〉〈いが栗のつや吐く枝や筧口〉をめぐっての、朝子の小学生時代の思い出のエッセイ「栗」。第三に連載中の作家研究座談会（「萬両研究」の第五回）。そして第四の柱が「20代作家特集」で、収録作家三十五名。一人に半頁を宛て「1句とわが俳句（短文）」を十八頁に亘って掲載している。

この時代の「鷹」の二十代はどんな句を作っていたか、若い年齢順に紹介しよう。


（氏名の次は「昭和」による生年月、次の地名は居住地）

上野着少年コオロギ踏みつぶす　竹中俊一郎（22・10　小金井市）
ちちははの鎌よ研がれて星祭　山田正広（22・4　東京都）
青無花果少女無心の眼の光　山本絢三（22・3　横浜市）
朝日出づ若葉の梢に栗鼠飛びて　篠原英雄（21・9　新潟県）

胡桃青き谿死神も若からむ　佐々木碩夫（19・3　山梨県）
菜殻火の移りて胸の火となりぬ　新宮文子（19・2　出雲市）
青年らかかしの町に軍旗持つ　井沢こうじ（19・1　米子市）
山霧の過ぐる音かも笹原を　大塚勝利（18・6　東京都）
密林の秋をゴリラはみつめている　熊木まさのり（18・3　東京都）
サングラス我れ(ママ)にナルシシスムあるか　鈴木俊策（17・11　宇都宮市）
雪景へ放つ風船上京す　宮崎早苗（16・10　益田市）
飛べなくて月明つるむ白鳥よ　灘山竜輔（15・10　東京都）
初蝶の舞ひゐしごとく水うごく　観音寺尚二（15・7　福岡市）
証しなき父の戦死や魂まつる　数合信也（15・3　千葉市）
夏柑のすきなき房や父母健康　井山淑子（15・1　小田原市）
菖蒲園わが雨音を持ち歩く　柏木冬魚（14・11　佐原市）
春の夜や吾子はミルクを嚙んで飲む　岩野幸八郎（14・6　東京都）
海から電話イタリア映画の夕焼けです　大森民夫（14・5　安来市）
春ふかし子の歯に触るる匙の音　脇本澄子（14・4　鹿児島県）
吾に葱の鋭さもなく働ら(ママ)けり　藤森弘上（14・1　堺市）
夕焼のなほ残したる雲高し　広沢元彦（14・1　福岡市）

囲小石凍てて山葵の真青なる　荻原英明（13・6　群馬県）
晩夏光仮面にかはる仮面なし　高山夕美（13・3　福岡市）
夕花菜兆す死念に咳一つ　十河　魂（13・2　大垣市）
上りつめし壁の亀裂よ卒業期　荻原　勝（12・7　藤沢市）
朝市の鈴蘭に跼み主婦若し　山腰順子（12・3　高山市）
鰯雲子等の楽焼獣ばかり　栗間小百合（11・11　広島市）
十月の雲より薄し朝の月　今瀬剛一（11・9　茨城県）
玩具夜の位置を固めて遠き雷　鳥海むねき（11・8　東京都）
青年飢ゑ岬の森で突く椿　西野洋司（11・3　藤沢市）
春愁や造花の薔薇に匂いなく　安原　誠（11・3　鎌倉市）
霧氷林澄めり失せゆく暁の星　五百川京一（11・1　福島県）
夜の秋読まねばならぬ本厚し　小国弘治（10・10　横手市）
献血日万緑にわが十指透く　荻田恭三（10・10　大和市）
笑ひ得て梅雨の晴れ間にひとりなる　沼尻玲子（10・1　龍ケ崎市）

以上三十五名。内訳は、二十代前半（22～17年生）十名。二十代後半（16～12年生）十六名。三十一、三十二歳（11～10年生）九名。「20代作家」と銘打っているが、実体は昭和二桁世代（十年生れ以降）である。最年長でも三十二歳になったばかりだから、まあ、「羊頭狗肉」とメクジラを立てることもないかもしれぬ。
この三周年記念号の投句者は二百六十名（Ⅰ欄六名、Ⅱ欄四十六名、Ⅲ欄二百八名）だから、三十五名は一割を超す。この特集の冒頭に「昭和2ケタ生れの鷹会員」の「自由応募としたが、有資格者の三分の二が応募した」とあるから、昭和二桁世代の投句者は五十名近く（全体の二割強）いたのである。この割合は結社誌としては大変に大きいと思う。創刊以来の若手重視の姿勢が生んだものに違いない。右の提出句は新作ではない。過去に湘子選を経たものの中からの自選である。だからどの句にも大きな破綻はない。〝伝統的〟な作風でも〝前衛的〟な用語法に傾斜した作風でも、キチンとした形象力を保っている。これが湘子選の〝幅〟なのだろう。
この特集については、四十三年一月号で田川飛旅子（鷹外部）と菅原達也（鷹内部）が批評を書いている。
田川が「秀句」として推すのは三句。
吾に葱の鋭さもなく働ら《ママ》けり　弘上
胡桃青き豁死神も若かからむ　碩夫
菖蒲園わが雨音を持ち歩く　冬魚
「佳作」が五句。
夏柑のすきなき房や父母健康　淑子
上りつめし壁の亀裂よ卒業期　勝

青年飢ゑ岬の森で突く椿　洋司
上野着少年コオロギ踏みつぶす　俊一郎
青年らかかしの町に軍旗持つ　こうじ

達也が「出色」として推すのは、右の弘上、碩夫、冬魚、洋司の他に、

初蝶の舞ひゐしごとく水うごく　尚二
晩夏光仮面にかはる仮面なし　夕美
雪景へ放つ風船上京す　早苗
海から電話イタリア映画の夕焼けです　民夫
サングラス我にナルシシスムあるか　俊策
献血日万緑にわが十指透く　恭三
玩具夜の位置を固めて遠き雷　むねき

である。

「鷹」ではまだ新人賞が制定されていない時代である。湘子はこのあたりの作家群を明日を担う新人と恃んでいたに違いない。

なお、右のメンバー中、東京（現在は茨城）の山田（現姓・高橋）正弘、出雲の新宮文子、堺（現在は平塚）の藤森弘上、小田原の井山淑子の四人が五十数年後の令和元年五月現在、「鷹」誌上で健在である。

二十代作家特集の話が先走ったが、その二カ月後、四十二年一月号で第二回鷹俳句賞が発表された。
受賞者は座光寺亭人と酒井鱒吉。
前回と同様、鷹同人の投票をもとにその上位者四名を選考の対象とした。その経過は一月号の「鷹」に掲載されている。

座光寺亭人　十三票
酒井鱒吉　七票
植田竹亭　七票
菅原達也　四票

選考委員の投票の結果（この時点では馬酔木所属の鷹の創刊発企同人のうち、星眠、葛彦、緑生、まり子の四人が入っている）、亭人・鱒吉の二名が断然の上位となった。いろいろ議論の末この二名が受賞した。二人の受賞作十句を紹介する（受賞作が二十句になったのは後年で、当時は十句発表である）。

掛声して鳶が落葉の空みがく　　亭人
雪嶺よ召されて遂に眼が片輪
安曇野の雪貪つて春日落つ

座禅組む畦のたんぽゝ戦友忌
たんぽゝに純白の雪降る別離
あきらめの眼に皺ふやす蝌蚪の水
水争ひ火となつて飛ぶ夕鴉
鳶鳴けり岳より青田さびしきか
不安なり向日葵に貸す竹の杖
交はりや溝の深さに羽蟻降る

聴きとめて鶲百枚の山田凍つ
年守りてかつ織る絹の鮮しき
年立てりいよゝ雑木の上枝澄み
縛解かれたる白菜の深息す
春陰の出船見送り由縁なし
さくらもち重荷の父となりたくなし
風邪捨てに来しが乱るゝ蜷のみち
春は父子に階上階下友それぞれ
過ぐ夜鷹得寝むれざれば妻擁く

鱒吉

秋風や辞儀して鳴れる頸の骨

この選考会の雰囲気を伝えるような選考委員のコメントを幾つか引いておく。

「(座光寺さんの年間成績は)Ⅱ欄の巻頭に列せられ五月、七月、九月、そのほかに五位以内が七回あるんです。それから同時にⅢ欄にも出句していまして、Ⅱ欄の巻頭、Ⅲ欄の巻頭というのがあるんですね。努力という点、ずば抜けていると思うんです。」(正木千冬)

「座光寺さんは戦前、馬酔木の巻頭を取っているんですね。だから句歴的には決して引けはとらないわけです。」(千代田葛彦)

「(引用者註・酒井さんについて)割合いろいろいわれますが、つまり器用貧乏、万年青年。しかし過不足ない点を私は買います」(古賀まり子)

「鱒吉さんは一種の風格みたいなものがこの一年間出ていらしたような気がして私は二位に推したわけです。(略)鱒吉さんほど素顔のままで俳句やっていらっしゃる方はないんじゃないかと思うんです。」(飯島晴子)

「酒井さんには今までずいぶん無駄めし食ったようなところがあるけれども、それがほんとうの無駄ではなかった、今までの努力が何かで結晶する機会がもう近いなという感じがたしかにしますね。」(千代田葛彦)

「亭人さんがね、句歴が長いし、どちらかというと安住してしまって可能性がなくなってしまうように一般に見られがちの立場で、今年度のある輝きをみせたというところに価値があるんで、つまり句歴が長いとか短いとかじゃなくて、短くても輝きが、高さがあれば結構だ、みんな棚上げしちゃって、一応古いから安心して見られるからやる鷹賞ではないはずですね。そのへんのところを間違わないようにしないとおかしいんだ。」（千代田葛彦）

座光寺亭人は明治四十四年長野県生れ。昭和十六年馬酔木入会。大平洋戦争中、湘子が「馬酔木」に投句を始めた頃に亭人は召集され、ニューギニアから戦場詠を送り「馬酔木」昭和十九年三月号の巻頭を得ていた。次の四句である。[1]

夏雲や嶺より嶺へ包囲戦　　亭人
雲海や山岳戦となりて久し
かたまりて憩ふ兵馬や嶺の月
杭のごと椰子焼けのこり雲の峰

その没後、湘子が亭人との師弟句碑を建立した（昭和六十三年）ことから見ても、湘子が敬愛する大先輩だったと言えよう。受賞当時長野県大町市在住。五十六歳。

酒井鱒吉は大正三年東京・下谷生れの下町っ子。湘子より一回り年長で受賞時五十三歳だが、その経歴は亭人とは対照的だ。

昭和四年十四歳で日本橋の薬品商に小僧として勤めたのが振り出しで、カステラ屋、機械商、牛乳配達、機械工などを転々。戦後は闇屋、担ぎ屋、紙芝居屋なども。紙芝居屋の時には全国コンクールで優勝したこともあるそうだ。昭和五十年代には自営業で落ち着いていたが、波乱万丈の職歴ではある。
俳句は「父親がちょっとやっていた」ので、十四歳の頃虚子の俳句入門を読み、雑誌の長谷川かな女選の俳句欄に投句したら特選に入り「二円の図書券」を貰って熱中することになる。戦中戦後の下町の運座を巡り、俳句のグループ誌を作り、潰し、いろいろな結社を遍歴した。そこには「半仙戯」「曲水」「春燈」などの名がある。「曲水」では星野石雀と「同期」であった（昭和二十二年頃）。「石雀は斎藤空華と並ぶ俊英で、句会ではピカピカ光る存在だったよ」と私は後年聞いたことがある。[2]

波郷に心酔して「鶴」に入り、その頃湘子とも知り合い「鷹」創刊に参加。[3] 自称「下町雑草派」だった。

さて、右の二人の経歴を知った上で、もう一度、二人の受賞作を読み直して下さい。境涯を売物にせず、情に溺れず、私には甲乙なしと見える。二人受賞もむべなるかな。

第一回の飯島晴子に続いてこの二人なら、俳壇に打ち出して恥ずかしくなかろう、という湘子の姿勢が透けて見えそうな作品ではなかろうか。

湘子が「馬酔木」編集長を辞任して四カ月。馬酔木との関係は好転していない。事実、この一年後には、湘子は馬酔木同人を辞退することになる。そういう時点での第二回鷹賞である。秋櫻子に「フン」と言われるような作品であってはならなかったはずだ。

この次の第三回鷹賞は一年後の四十三年一月号の発表。このときは植田竹亭が受賞するのだが、その発表の翌月に湘子の馬酔木同人辞退が表明される。馬酔木という大結社を離れて、湘子の仲間は鷹だけとなった。

竹亭は図らずも、「馬酔木系鷹」の最後の受賞者となったのである。

植田竹亭の第三回鷹俳句賞受賞十句は左の通りである。(「鷹」43・1)

竹亭

棄猫のうぶ毛ぐるみや蛍草
友らの言葉に幾重も包まれ冬病む身
飴なめて病む髭うごく雪明り
いのち護らるるまばゆさに囀れり
合歓咲けり同病仏ゆける空
若き死に若き雨降る濃紫陽花
舞ひあがる秋蝶の影ふりすてて
冬薔薇の弁につつまれゆく睡り
寒麗ら臥すまま石になるもよし
蜩やぼろぼろに病み男逝く

竹亭は大正三年生れ。この時五十代半ば。前に紹介したように、太平洋戦争従軍後結核療養所で生涯を過ごした作家である。〈春嵐未治退所者の荷を搏つも〉〈同病の啄木の忌を咳くのみに〉

などで、「鷹」創刊号Ⅱ欄（同人欄）巻頭を得ている。この十句も（何句か病を直叙していない作もあるが）基調は闘病にある。〝純粋〟療養俳句派だ。

実は、この年、竹亭の対抗馬だったのが服部圭伺だった。昭和八年生れ。当時三十四歳、竹亭とはほぼ二十歳の差がある。その鷹俳句賞候補作十句を挙げる。竹亭とは対照的な作風である。この作家も今まで何度も鷹の〝前衛〟として本稿で紹介してきた人だ。

壜吹けば寒く遙かなものの声　　圭伺
風邪のひとりキャラメル声を出して嚙む
足裏しろい五月若々しき不安
青田風にのせてささやかなる凱歌
喪服の蝶を誘い西日に縮む青年
歩けばながい人生靴泣く鰯雲
鋏で切る噴水とめどもなき未来
泣けば落葉の樹も人間に似て光る
雲にシーツ拡げ帆となるまで眠る
微笑日焼けて町へ鷗のままで来る

選考委員十三名中、竹亭を推す者十二、圭伺を推す者二（双方を推した選考委員が一名いた）の大差で竹亭の受賞が決まったのだが、理由は圧倒的に作品の完成度にあった。

選考会の席上、湘子が、欠席した千代田屑彦・相馬遷子・古賀まり子・沢田緑生四氏の意見を要約して伝えているので、まずそれを引く。（引用者注・以下、一部を漢字に変えるなど修正した）。

「竹亭の成熟完成度をとる、圭伺の今後を期待はしても。」（千代田葛彦）

「服部氏には、良いと思う句もあるが、同感できにくいものが多い。その点、植田氏は全く安心で、審査ということを目標にすれば、幾分物足らなさはあるが、句は堅実そのものである。」（相馬遷子）

「竹亭と圭伺は、いわば車の両輪で、両方相並んでいいわけで、どっちがいいかと言われると困るが、強いて言えばお二人にあげたい。」（古賀まり子）

「同人の推薦投票の絶対多数（注・四十票中、竹亭十三、圭伺七）を尊重して、竹亭を推す。」（沢田緑生）

次に出席選考委員の意見。

「服部さんには非常に期待を持っていますが、やはり今回は竹亭さんがいいんじゃないか。」（飯島晴子）

「二つのうちどっちか一つ、ということになると、どうも自分の句風に近いものをとるようになりますね。だから圭伺さんの句に引かれながら、なおかつ竹亭さんの方に行く。内容は、五分と五分か、或いは六分四分って所、片方とって片方落とすのは惜しいという感じを皆さん持ってるんじゃないかな。あたし自身そうなんですよ。」（酒井鱒吉）

「確かに現在の俳壇をリードしている六十代の人たちが見ても、植田竹亭ならば文句無しにとるでしょう。しかし、それではあまりに鷹が伝統無批判追随と変りなくなっちゃうわけですよ。かといって圭伺を出してご覧なさい。それではあまり伝統を否定し去ったようなあり方で……。」（菅原達也）

「鷹では、もっと意欲的であるべきだという目標を掲げているにもかかわらず、あくまでも堅実味を重んじた素朴リアリズムのしきたりだけを守って、絶えず保守的にいくことは、他の前進をともなわないんじゃないか。かと言っていきなり最前衛の作品をとるほど、そこまで伝統を捨て去っているわけでもないですから、将来のことは別として、今回はたまたま両極端が両立したということで、中間がないわけです。」（同）

「今までの受賞者を見ますとね、第一回の飯島晴子は、新しさを持った女流として出て来たわけです。第二回の亭人、鱒吉はどちらかというとオーソドックスな詠い方で二人並んだわけです。そこに今度の竹亭を加えるとね、鷹のオーソドックスな詠い手は、大体網羅されるわけですよ。（略）こうまでオーソドックスの人が続くとね、鷹としては淋しいというか、やっぱり圭伺的な雰囲気を持った人が、多少顔を出して貰いたい気はしますね。」（藤田湘子）

こう見て来ると、審査の雰囲気としては票数ほどの差はなかったようである。

結局「去年二人（受賞）だったから、今年は二人はどうも」（湘子）で、「うしろ髪引かれながら竹亭一人に」（同）なったのだった。

この鷹俳句賞選考会は、暦でいうと四十二年十一月までに行われていなければならない（そうでないと一月号発表に間に合わない）。相馬遷子以下の創刊発企同人が、選考に参加しているところを見ると、この時点では、湘子は馬酔木同人辞退を決めていないことが明らかだ。右の選考委員のコメントを読んでも、湘子に差し迫った事情が生まれている気配は感じられない。

「鷹」四十三年一月号が印刷発行されたのが四十二年十二月。本書第七章で述べたように、一月号発行直後（十二月末か四十三年一月早々）に湘子は馬酔木同人辞退を秋櫻子に申し出ているはずである。選考会終了後間もなく、湘子に「同人辞退」を決意させる何事かが起ったのだろうと推定せざるを得ない。(4)

服部圭伺はその翌年、四十四年に、第四回鷹俳句賞を得る。

この時の同人投票数四十一のうち圭伺票十六。他に菅原達也＝八、飯島晴子＝七、田中ただし＝四（下略）の得票があったが、この三氏が選考を辞退した。「この結果、代表同人、同人会々長、事務局長の三者が協議して、服部氏を自動的に受賞者として決定することの可否について意見を交換したが、氏の受賞をくつがえす強力な理由もなく、また、四十三年度の作品活動も受賞にふさわしいものであることを確認、各選考委員の了解を得て決定したものである。」と授賞理由にある。

これだけを読むと何だか消極的な授賞に見えるが、前年からの経過を知って見直せば、同人投票数の四割に近い圭伺票の意味するところは、秋櫻子に象徴される馬酔木からの独立への志向の強さと取れないだろうか。

服部圭伺の第四回鷹俳句賞受賞作を紹介する。前回で述べた選考事情により、「鷹」四十四年一月号に「43年度自選20句」として掲載されている。

淋しがる木と眼を合せ風邪の帰路
★さむい群衆花束に消す日暮の旅
起点なき雪野理由もなく歩く
寒い湿地で晩年埋没しそうな足裏
壁のみ明るい他人の時間で喋る百合
★森も孤島の匂いで迫る旅晩夏
黴る愛暗夜の波に手首生え
★偶像ばかり殖え螢火にしたたる樹
★無名われら肩組めば来る野の雪嶺
泪まぶしい樹氷が芽吹く友の婚
芽木のまま少年灯る星植《（ママ）》えて
★日射すキャベツとなってメーデーより帰る

★のんびり母さん小さくなって桜草
★手からお喋べり《(ママ)》草かげろうに漂よう《(ママ)》母
虹へどんどん梯子のばして逢いたいだけ
★空が雲吊るあおい寝息の麦は青年
目覚ゆたかな麦の時間を発つ友等
汽笛あおく空で混み合うコスモス列車
穂波およげば空腹ごろんと野で喰う飯
ガラス拭き五月の向う側を見る
（★印は湘子の「Ⅱ欄10句選」に採られた作。後述。）

この昭和四十三年は、飯島晴子が、
菖蒲園ころしなれたる声聞ゆ
別の死が夏大根のうち通る
さるすべりしろばなのまだこの世なる
死時の吊舟草の高さかな
冷やかに額漂ふ梁・柱
などで、「異物の配合」の手法を実験し推し進めていた年である。(5)
だが、圭伺の手法は晴子よりももっと徹底していて、言葉一つ一つが異物同士の関係に置かれ、且つ全体の文脈を非論理で構成する。従って意味の伝達性は無視される（少なくとも重要視されない）。五七五のリズムも、おそらく意識的に、無視されている。ただし、破調であっても僅かに俳句的定型感を残すように仕立てられた作が多い。

季語は原則としてキチンと入れられている。あえて言えば季語と僅かに残された定型感のお蔭で、それぞれの一行が（現代詩ではなく）辛うじて俳句になり得ているのだ。

手法についての口上はさておき、問題は一句が提出するイメージの質と強さに関わる。写生的論理的意味的文脈による句に対抗し得るイメージを、異物の関係・非論理の文脈・破調などによって生み出し得ているかどうかである。湘子はこの時期、大いに圭伺作を買っている。

右の「自選20句」の発表期間（一月号〜十月号）中、圭伺はⅡ欄（同人欄）巻頭四回、三席四回、「Ⅱ欄10句」（当時は一般投句のⅢ欄を含めての「推薦30句」のような秀句選はなく、Ⅱ欄対象の十句選のみである）八回（右掲句の★印）、選後湘子評も二回受けている。大変な好成績と言ってよいだろう。

「森も孤島の匂いで迫る旅晩夏」についての湘子評を紹介する。

たとえば、服部君の作品なども、鷹創刊当時と今日とでは、理解度にずいぶん差が見られる。四年前、一部で前衛俳句のようだといわれたり、何を言っているのか〝意味〟がわからぬ、といわれた圭伺作品だが、現在では、その新鮮なうたい方に魅力を感じている鷹俳人が多い。圭伺作品がわかりやすくなったといえる面もあるが、むしろ、鷹の人達が圭伺的表現に馴れて、違和感がなくなったというほうが適切だろう。この場合も、圭句俳句に意味を求めるのではなく、フレッシュな感覚やイメージの拡がりに陶酔しているわけである。

前掲の句も、「孤島の匂い」がどんなものか誰も知らぬだろう。まして森が孤島の匂いをしているといわれても、〝意味〟を解する手がかりはない。だが、「森」「孤島」「旅」「晩夏」という一連の言葉から感じとれる〝あいまいな快感〟はあるはずだ。はっきりした形や意味を求めなければ承知できぬ人には、この句の〝あいまいさ〟は前の「水のごと」（引用者注・この文章の前に〈青蜥蜴水のごと人通り過ぐ　細谷ふみを〉の評がある）よりはるかにあいまい度が高く、不満だと思う。しかし、古くからいい句といわれるものには、多かれ少なかれ、こうした〝あいまいさ〟が存在しているのだ。われわれはただ、その〝あいまい〟な部分に自分で自由な連想を拡げたり、勝手な想像をしたりして補足し納得している。つまり、〝あいまいさ〟あるゆえに一句の振幅が大きくなっているところがあるのだ。自分の知っている名句佳句というものを、もう一度、見直してみれば、きっとそういうことに思いあたると思う。服部君のやっていることは、その〝あいまいさ〟の拡大、すなわち一句の振幅、連想を拡大するための作業といえるのである。(6)

この時期の湘子の考え方がよく現れている評なので、あえて長文を引用した。

右の二十句で言えば「のんびり母さん」「穂波およげば」「ガラス拭き」の三句が（文脈の非論理性が弱いので）比較的に〝分かりやすい〟作で、他は読者によって好悪が分かれるに違いない。

分かれてもよいのである。伝統的俳句観から見ての「完成度」は、最初から無視されているのだから。

湘子も圭伺句の難解性（言葉を変えれば未完成性、さきの湘子の言葉なら〝あいまいさ〟）は十分承知していたようで、鷹俳句賞発表の一月号に、若手同人による圭伺論を二編掲載している。「服部圭伺試論」（吉田裕）と「鷹三十代作家批判／1／『服部圭伺』」（熊木まさのり）である。

吉田裕は、前から島根県松江で圭伺らとグループ誌「雪解」を発行していたが、「鷹」創刊を受けてそれを解散して「鷹」に参加した人。熊木まさのりは、倉橋羊村の次の「鷹」編集長になる。期待の若手新人である。

次に二人の圭伺論の骨子を紹介しよう。

吉田裕の「服部圭伺試論」。

ぼくが服部圭伺を知ったのは、昭和三十三年の暮、療養新聞に載っていた一片の詩によってであった。当時、ぼくも圭伺も同じ国立島根療養所で療養生活を送っていたわけだが、面識はなかった。どんな詩であったかはっきり憶えてはいないが、暗く倦怠感を漂わせたその詩の印象が残っている。

こういう書き出しで、圭伺の初期作を論じ、「戦後文学の影響と戦後の混沌とした時代背景」、野間宏、梅崎春生、椎名麟三、太宰治らの影響を指摘する。

不遇きざす蟹逃亡の姿勢にて
敗北の固い無名の木の実が降る
物言えぬ背に日が焦げている挫折
夜霧そこより逃亡皿に貌が無い
月光折れてガラスの指が木に生える
晩夏手首が砂に生えているにがい別離

などを引いて、

ここにある圭伺の瞳に映ずる風景は、明らかに心象の世界である。しかもギリシャ神話やルネッサンスに見られる輝やくばかりの人間讃歌ではなく、荒涼とした現代人の不毛の世界なのである。圭伺は、自己の心象の世界を描出することによって、現代人の胸の中に潜む意識に挑戦しようとしているのだ。

と記す。その上で、最近の作品から、

壜吹けば寒く遥かなものの声
若葉の挨拶白封筒の角切られ
胡桃青い空だよ生きていれば見え
湖ある街九月のシャツを青く着て
のんびり母さん小さくなって桜草

などを取り上げる。「遥かなものの声」に「人間の内面にある始源的な叫びを想像」し、「若葉の挨拶」のダンディズムや、「湖ある街」の叙情を愛惜する。そして「のんびり母さん」の句の、初期作品になかったユーモアを評価している。

次に熊木まさのりの「鷹三十代作家批判」の第一回、「服部圭伺」。これは、圭伺の前年一月号からの発表作を引きながら、かなり辛口の批評を展開する。六頁にわたる長編なので、引用が長くなるがご容赦戴きたい。

冬くれば冬の灯ともしさからわず　（一月号）

服部圭伺の作品は、意味がわかりやすくなった。このことが、今年の彼の作品についていえる私の最初の感想である。が、私は、それを素直に認めることはできない。というのは、圭伺は、言葉の意味を不完全なかたちで作品に提出してきた作家であり、その不完全さによって、作品の形式を未完成にしてきた作家であるからだ。また、その不完全、未完成の中に、彼の完全、完成が、彼なりにあった、ということがいえるからでもある。そういう見方をすれば、意味がわかりやすくなった、ということは、彼の前進を必ずしも意味していない。

（中略）

私は圭伺の俳句作品を理解するために、いろいろな方法を考えた。イメージの重複性、言葉の自在性、言葉の解放感、表現の二重構造性、現代用語の分裂感、言葉の実存性等々書きだせば限りがないくらいに。その結果、彼は、実に意慾的な作家だという見方を、私はもっ

た。だが、今年の彼の作品は、あまりにも形式的な完成を急ぎすぎている。（中略）

泪まぶしい樹氷が芽吹く友の婚　（三月号）

北風の木はヴァイオリン森向く耳　（同）

白鳥の首が帆柱飛べ二月　（同）

この一連の作品をみると圭伺の感覚は相当に疲れているな、という気がする。（略）「北風の木はヴァイオリン」、「白鳥の首が帆柱」等の比喩は、詩ではかなり使い古された比喩だ。

（中略）

手からお喋べ《ママ》り草かげろうに漂《ママ》よう母　（七月号）

蛇生みつつ夜明けは青葉のみ自由　（同）

虹へどんどん梯子のばして逢いたいだけ　（同）

これらの作品あたりから、ようやく圭伺は元気をとりもどしてきたようだ。（略）

森も孤島の匂いで迫る旅晩夏　（九月号）

（略）

「森も孤島」の作品をとりあげて、湘子は「圭伺作品がわかりやすくなったといえる面もあるが、むしろ、鷹の人達が圭伺的表現に馴れて、違和感がなくなったというほうが適切だろう。」といい、『森』『孤島』『旅』『晩夏』という一連の言葉から感じとられる〝あいまいな快感〟はあるはずだ。」（鷹俳句の周辺・26）といっているが、私は、その言葉を素直には

受けとれない。今年の圭伺の歩みが、既成の俳句に近づいたのであって、われわれが、彼の表現に馴れたのではない。（略）

次に「〝あいまいな快感〟」の受けとり方に、私は疑問を抱く。「森」「孤島」「旅」「晩夏」という言葉の連なりからでてくるムードにまきこまれるのは、湘子、圭伺等の世代であって、われわれ二十代、あるいは、彼等よりも上の世代までが、彼等と同じようにまきこまれるか、どうかが疑わしいからである。（下略）

もちろん圭伺の受賞を祝い今後を嘱望するのを前提としての論ではあるが、湘子の批評にも異論を唱える姿勢が目を引く。感情論でなくキッチリと論理を立てての発言なら、湘子は「鷹」に載せることを許したのだ。

「草庵に桃桜あり。門人に其角・嵐雪あり」と前書して「両の手に桃と桜や草の餅」と詠んだ芭蕉ではないが、湘子は〝伝統派〟と〝前衛派〟の双方を「両の手に」載せる姿勢を、服部圭伺に授賞することで鮮明に表出したのである。（私は〝伝統派〟とか〝前衛派〟とかの既成のレッテルを用いるのを好まないが、ここでは取り敢えず、分かり易く、この言葉を使っておく。）

この年（昭和四十四年）九月、「鷹5周年記念臨時増刊」と銘打った別冊が発行された。「鷹へのことば」と題して赤尾兜子・飯田龍太・伊丹三樹彦・桂信子・金子兜太・佐藤鬼房・高柳重信・田川飛旅子・能村登四郎の諸氏から各一頁の寄稿を得、同人自選一句、巻頭句集（Ⅱ欄・Ⅲ欄）、鷹の歩み（年表）、五年間の鷹総目次、同人名簿などを網羅した六十六頁の大冊（当時としては）

である。この外部寄稿者のリストが、当時の湘子の人脈の広さと湘子の俳句に対する姿勢をおのずと物語っている。

総目次によれば、五年間で鷹外部から寄稿の評論・エッセイは約三十編、鷹内部の評論も約三十編、座談会が4Sなどの句集研究を別にして十回ほど。ⅡⅢ欄作品評が十五回ほどある。いかに鷹が批評活動に力を入れて来たかが、この数字でも察しられるだろう。

これをもって、鷹草創期五年間の展望を終える。

（1）「鷹俳句の周辺」（「鷹」41・7　57頁）

（2）この経歴は鱒吉が「鷹」に連載した「新吉春秋」（後『鱒吉句文集』＝昭和61・鷹俳句会＝に収録）による（引用者が要約した）。

（3）「鷹　5年の歩み」の鷹年表（本書巻末掲載）三十九年二月四日の項に「菅原達也の結婚式終了後、葛彦宅で湘子、鱒吉等が歓談。新雑誌名を『鷹』と決定。」の記述がある。

（4）第七章にも書いた。なお、「湘子自註・3」（「俳句研究」平成12・6　56頁）

（5）拙著『月光の象番』「Ⅱ　俳人が誕生する——『蕨手』」の章

なお、この年、俳壇の〝前衛派〟は以下のような作をなしていた。（現代俳句協会『昭和俳句作品年表・戦後編』　東京堂出版・平成29）

ローソクもつてみんなはなれてゆきむほん　阿部完市
犬一猫二われら三人被爆せず　金子兜太
谷に鯉もみ合う夜の歓喜かな　同

身の中のまつ暗がりの螢狩り　河原枇杷夫
野菊まで行くに四五人斃れけり　同
人とねてふるさとの鍋に風あり　安井浩司
死者ついにわれと隔たる曼珠沙華　和田悟朗
滅多打つ鍛冶の前ゆく乳母車　同

（6）「鷹俳句の周辺」（「鷹」43・9　53〜54頁）

復刻資料

鷹の歩み

解題

一、本年表は、昭和四十四年九月十三日発行の「鷹5年の歩み」（「鷹」臨時増刊）所載の「鷹の歩み」を復刻したものである。

一、ただし、湘子の「馬酔木」編集長辞任の年月は、昭和四十一年七月初旬と訂正した（本書第七章参照）。また、明らかな誤植も訂正した。

一、本年表には執筆者名の記載がないので、復刻掲載に当たっては小川軽舟・現鷹主宰のご了承を得た。

令和元年五月　山地春眠子

昭和39年

1月12日　「馬酔木」新年例会終了後、藤田湘子は千代田葛彦と懇談し新雑誌の構想を披瀝、協力の確約を得て新雑誌発行の具体的な準備にはいった。

2月4日　菅原達也の結婚式終了後、葛彦宅で湘子、鱒吉等が歓談、新雑誌名を「鷹」と決定。

3月6日　湘子は水原秋櫻子と会い、「鷹」発行の趣旨と目的を説明、了承を得た。

3月20日　湘子は堀口星眠と長野県佐久市の相馬遷子を訪問、「鷹」への参加を要請し承諾を得た。この頃、相前後して有働亨、沢田緑生、古賀まり子、小林黒石礁の参加も確定したので、これら八名をもって発企同人とすることとした。

また、「鷹」の印刷所を恒陽社に交渉し、決定をみた。

4月4日　「鷹」同人趣意書、「鷹」入会趣意書を関係者に発送。

4月10日　「馬酔木」五月号発行。同誌上に「鷹」発行の広告が載った。

4月22日　「馬酔木」編集打合せのため秋櫻子を訪問した湘子は、名古屋馬酔木会の内紛と「鷹」との関連について秋櫻子より質問をうけた。この頃より「馬酔木」の内部における「鷹」への反感が拡大。

5月3日　秋櫻子印旛沼句碑除幕式終了後、湘子、

葛彦は亨宅を訪問、「鷹」発行について三者の決意を確認し合った。
5月10日 前記名古屋馬酔木会の内紛について緑生上京、秋櫻子に「鷹」との関係を弁明。
5月16日 「鷹」創刊号座談会を東銀座の灘萬で行なった。湘子、星眠、葛彦、亨出席。
6月14日 「馬酔木」鍛錬会がこの日より三日間山口市湯田温泉で開催された。この期間中、一部の馬酔木同人の「鷹」批難が秋櫻子に向ってくりかえされた。湘子は大会前の13日益田市を訪ねて一泊、山崎正人等、「鷹」同志と懇談。
6月30日 「鷹」創刊号発行。創刊号に出句した同人は九〇名。
7月1日 湘子は「鷹」創刊号を秋櫻子宅に持参。
7月17日 亨はロンドンへ赴任した。
7月26日 第一回鷹東京例会を日本出版クラブで開催。以後毎月第四日曜に同クラブで開催している。
8月8日 第一回鷹研究会を神田柳森神社で開催、二十名が参加。この会は以後一年間おこなって終了。
8月30日 「鷹」をめぐる「馬酔木」内部の諸問題について協議するため、石田波郷の要請により湘子、葛彦は波郷宅を訪問。
9月5日 湘子、葛彦は秋櫻子を訪問、前記のことにつき話し合い、そのさい、古賀まり子句集『洗禮』の出版記念会を9月19日、日活国際会館で開催することを決定したが、翌日秋櫻子より湘子あてへ取消しの速達があった。
9月27日 この月の東京例会は堀切菖蒲園でおこなわれた。
11月5日 葛彦は秋櫻子に呼ばれ「鷹」および湘子に対する批難を聞いた。
11月9日 湘子は秋櫻子を訪ね前記のことで話し合い。
11月10日 葛彦句集『旅人木』が浪玕洞より発刊。
11月14日 **15日**にわたって第一回「鷹」吟行会が軽井沢でおこなわれ、湘子、星眠、葛彦、緑生、まり子等二十八名が参加。
12月 葛彦は句集『旅人木』によって俳人協会賞を受賞。

昭和40年

1月　『旅人木』特集をおこなった。

3月13日　福岡鷹研究会を福岡市鶴陽会館で開催。湘子が出席。

4月17日　翌18日にわたり第二回鷹吟行会を足利市で開催。湘子、葛彦等四十数名が参加。

4月　柏木冬魚、佐々木碩夫、吉井瑞魚等十一名の新同人を発表。

5月15日　発行所が品川区小山五の八六から千代田区神田神保町二の一〇へ移転。

6月13日　松江市湖東会館において鷹一周年記念山陰大会を開催、東京からの湘子、晴子等七名のほか三十余名参加。

7月　一周年を記念して鷹俳句賞を設定。また飯島晴子がI欄に推薦された。

8月14日　翌15日にわたり第三回鷹吟行会を佐倉市湖畔荘で開催、湘子、葛彦等二十名が参加。

9月7日　13日まで湘子は沖縄に遊び特別作品二十六句を発表。

10月20日　亨はロンドンより一時帰国、鷹例会に出席。

11月20日　翌21日にわたり第四回鷹吟行会を箱根宮城野清流亭で開催、湘子、葛彦等二十九名が参加。

12月31日　葛彦、鱒吉、達也等七名は足利市行道山で越年句会をおこなった。

昭和41年

1月　第一回鷹俳句賞に飯島晴子が決定。一月東京例会で授賞式をおこなった。また酒井鱒吉、安斉千冬子、菅原達也、金子潮がI欄に、市川恵子、稲荷晴之、上野多麻子、大島波津子、小野里芳男、金子うた、高部湖二郎、寺田絵律子、柳田葆光、山越文夫、蓬田節子、脇本星浪が同人に推薦された。

「鷹二十代作品相互批評集」が荻田恭三らによって発行された。

2月　湘子は劇団四季の俳優日下武史と、「演技と創造」について対談。新鮮な企画として好評であった。

4月10日　山梨県上野原に小吟行。佐々木碩夫が案内役。

5月8日　潮来に小吟行会をおこない、葛彦、鱒吉ら十五名が参加。

大阪の阪東英政居で15日 鷹研究会開催、湘子出席。

葛彦は「俳句」五月号の現代新人自選五十人集に五十句を発表。

6月11日　翌12日にかけて第五回鷹吟行会が上高地で開かれ、湘子、葛彦、晴子ら二十三名が参加。

6月26日　東京例会終了後、東京東銀座の「灘萬」で創刊二周年祝賀会を開催。

7月初旬　湘子は「馬酔木」編集長を辞任した。

7月9日　湘子が出席して鷹山陰研究会を松江市で開催、翌10日は益田市で開催した。

七月号より現代俳人の会による座談会「葛飾研究」が連載され、以後43年10月号までに、『凍港』『萬両』『初鴉』『川端茅舎句集』の研究をおこない、俳壇の一収穫として好評を博した。

晴子は「俳句」十月号女流特集号に十五句発表。

11月12日　翌13日にかけて福島県岳温泉で福島研究会を開催、地元会員と湘子、雀子、まさのりなど十六名が参加。

20日　三里塚牧場に小吟行。葛彦、鱒吉、達也ら十三名が参加。

12月3日　鷹連絡会は忘年会を長野県葛温泉におこない、地元会員と交歓した。

12月31日　葛彦ら五名は東京日原鍾乳洞で越年句会をおこなった。

昭和42年

1月　第二回鷹俳句賞を座光寺亭人、酒井鱒吉が受賞した。また、市野川隆、千葉久子、荻田恭三、岸本青雲、川本柳城、広沢元彦が同人に推薦された。

2月11日　十日町雪まつりに第六回鷹吟行会がおこなわれ、湘子ら十余名参加。

3月19日　福岡市で研究会を開催、湘子ら二十三名が参加。

5月13日　翌14日にわたり第七回鷹吟行会を中綱湖でおこない、湘子ら二十三名が参加。

6月4日　小石川植物園に小吟行会を開催、葛彦ら二十二名が参加。
6月18日　三周年記念西日本大会を福岡市で開催、湘子、鱒吉ら三十二名が参加。湘子は「今日の俳壇、明日の俳壇」について講演をおこなった。
9月23日　翌日にわたり三周年記念全国大会を東京で開催、百二十名が参加した。大会は同人総会、前夜祭、俳句大会、記念パーティの四部に分れ、俳句大会で湘子は「鷹俳句の今後」について講演をおこなった。また第一回功労者として倉橋羊村、桜岡素子、柳田葆光が表彰された。
　このころまでに馬酔木会員を兼ねる会員、同人は次第に鷹を去り、九月現在、同人数は八十五名となった。
10月　三周年記念号を発行、全国大会記、二十代作家特集等を収録。
12月　高野途上、高橋順子、山口隆男、原田露星、佐藤ゆづる、飯倉八重子、飯名陽子、阪東英政、武田重子、観音寺尚二が同人に推薦された。
31日　葛彦ら九名は鎌北湖に越年吟行句会をおこなった。

昭和43年

1月　第三回 鷹俳句賞が植田竹亭に授賞された。また古賀まり子が四十二年度馬酔木賞を受賞した。
2月　湘子は馬酔木同人を辞退した。また遷子、星眠、葛彦、亨、まり子、緑生、黒石礁、潮らが同時に「鷹」を去った。
3月16日　翌17日にわたり福島研究会がおこなわれ鱒吉が出席指導した。
4月14日　五〇号記念西日本大会を広島で開催、七十余名が出席、湘子は「現代俳句の方向」について講演をおこなった。
4月20日　上野原に二十代作家を中心とした小吟行会がおこなわれ七名が参加。
6月9日　第八回吟行会を三浦半島剣崎でおこない、湘子、雀子ら四十五名が参加。
9月8日　房総鷹俳句会結成記念大会を千葉市で開催、湘子、晴子、鱒吉ら七十余名が参加。

9月21日　第二回同人総会を東京動力車会館で開催、四十余名が参加。楠本憲吉氏の特別講演があった。
9月　鷹俳句叢書第三篇の高山夕美句集『仮面』が発行された。
10月20日　鷹茨城大会がゆうもあ村で開催され湘子、晴子、鱒吉、雀子ら五十名が参加。
11月　句集『仮面』の特集をおこなった。
11月3日　二十代作家の第二回吟行が再び上野原でおこなわれ湘子、泰夫、桂水らが特別参加した。
11月16日　高田市で研究句会が関かれ地元二十六名のほか湘子、途上、瑞魚が出席。
12月　鳥海むねき、永井京子、安達徹淳、鈴木青泉、藤森弘上、植田幸子、島田百日紅、玉木春夫、寒川四十九が同人に推薦された。

昭和44年

1月　第四回 鷹俳句賞を服部圭伺が受賞した。
　鷹俳句叢書第二篇石井雀子句集『朝焼泉』が出版され、さきに発行された『仮面』と服部圭伺の受賞祝賀を兼ねたパーティが26日東京例会後におこなわれた。
2月15日　第九回鷹吟行会を下諏訪で開催し、翌16日、松本市で開かれた長野支部結成記念大会に合流。同大会は来賓も含めて七十余名が参加、湘子は「見えるものと見えないもの」について講演をおこなった。
　臼杵支部の年刊句集『城下町』が発刊された。
3月　句集『朝焼泉』の特集をおこなった。
5月　ＩⅡ欄の明確な区別を廃止し、Ⅱ欄作家のＩ欄への登用を積極的におこなうこととした。
11日　三十代作家七名は軽井沢に吟行会をおこなった。
　発行所を港区新橋五の十一の五へ移転した。
6月10日　第十回鷹吟行会を河口湖に開催四十三名が参加した。
9月　同人は一日現在八十四名となった。

あとがき

私が「鷹」に入ったのは創刊から十二年ほど経った昭和五十一年の末。だから創刊の頃は知らない。けれど、湘子先生は五十代初めの〝働き盛り〟だったし、句会に出れば周りは飯島晴子さん・酒井鱒吉さん以下、創刊以来の先輩ばかりだった。それからたちまち四十年あまりが経って、私は八十ン歳となり、先輩がめっきり少なくなった。で、元気なうちに昔の事を書き残しておこうと思い立った。幸い小川軽舟主宰から連載のお許しを得た。

本稿は「鷹」の創刊から五年間の年代記《クロニクル》で、「鷹」平成二十八年七月号から同三十一年四月号まで三十四回にわたって連載したものである。その間に鶴岡行馬さんが秋櫻子の楠本憲吉宛書簡を発掘され、それを紹介させて戴ける幸運に恵まれた。また連載中は校正担当の杉村静子さん・関谷泉さんが、「鷹」のバックナンバーほか引用資料を精査して超綿密なチェックを入れて下さった。永島靖子さん・穴澤篤子さんからは陰に陽にご助言を戴いた。出版に際しては邑書林の島田牙城さん・黄土眠兎さんに万般のお世話になった。巻末に資料として創刊以来五年間の「鷹の歩み」を復刻掲載したのは、眠兎さんの発案である。これについても軽舟主宰のご了解を得た。

この各位に、伏してお礼申し上げる。

今年七月に「鷹」は創刊五十五周年を迎える。本稿にお名前を挙げることが出来なかった沢山の先輩と仲間のお蔭で、今の鷹があ る。そのことを、脱稿後、しみじみと思っている。

令和元年五月

山地春眠子

山地春眠子　やまぢ しゅんみんし

昭和十年　　　　東京生れ
昭和五十一年　鷹入会
昭和五十四年　鷹新人賞受賞　鷹同人となる
昭和五十七年「鷹」編集スタッフとなる
昭和五十八年「鷹」編集部員となる
昭和六十一年「鷹」編集部副部長となる
昭和六十三年　鷹月光集同人となる
平成十四年　　「鷹」編集部を辞す
平成十八年　　鷹俳句賞受賞
著書『現代連句入門』、第一句集『空気』、第二句集『元日』、『月光の象番――飯島晴子の世界――』
現代俳句協会会員　連句会「草門会」創立同人　連句協会会員

「鷹《たか》」と名付《なづ》けて

——草創期クロニクル

著　者＊山地春眠子©
発行日＊令和元年七月七日
発行人＊島田牙城
発行所＊邑書林《ゆうしょりん》
661-0033　兵庫県尼崎市南武庫之荘3-32-1-201
Tel　○六（六四二三）七八一九
Fax　○六（六四二三）七八一八
郵便振替　○○一○○-三-五五八三二
印刷・製本所＊モリモト印刷株式会社
用　紙＊株式会社三村洋紙店
定　価＊本体一五○○円プラス税
図書コード＊ISBN978-4-89709-888-3